# Translated Language Learning

# Alices Abenteuer im Wunderland

ونڈر لینڈ میں ایلس کی
مہم جوئی

Lewis Carroll

لوئس کیرول

Deutsch / اردو

# Runter in den Kaninchenbau
خرگوش کے سوراخ کے نیچے

Alice fing an, sehr müde zu werden

ایلس بہت تھکی ہوئی ہونے لگی تھی

Sie saß neben ihrer Schwester auf der Grasbank

وہ گھاس کے کنارے اپنی بہن کے پاس بیٹھی تھی

aber sie hatte nichts zu tun

لیکن اس کے پاس کرنے کو کچھ نہیں تھا

Ihre Schwester las ein Buch

اس کی بہن ایک کتاب پڑھ رہی تھی

Ein- oder zweimal schaute Alice in das Buch

ایک یا دو بار ایلس نے کتاب میں جھانک کر دیکھا۔

aber das Buch enthielt keine Bilder oder Gespräche

لیکن کتاب میں کوئی تصویر یا گفتگو نہیں تھی۔

"Was nützt ein Buch ohne Bilder?", dachte Alice

"تصاویر کے بغیر کتاب کا کیا فائدہ؟" ایلس نے سوچا؟

"Warum sollte ein Buch keine Gespräche führen?"

"کتاب میں کوئی بات چیت کیوں نہیں ہوتی؟"

Aber sie hatte noch andere Dinge zu bedenken

لیکن اس کے پاس غور کرنے کے لئے دیگر چیزیں تھیں

"Es wäre ein Vergnügen, eine Kette aus Gänseblümchen zu machen"

"ڈیزیز کی زنجیر بنانا ایک خوشی ہوگی"

"Aber lohnt es sich, aufzustehen und die Gänseblümchen zu pflücken??"

"لیکن کیا یہ اٹھنے اور اسٹیج اٹھانے کی کوشش کے لائق ہے؟"

Das war nicht so leicht zu denken

اس کے بارے میں سوچنا اتنا آسان نہیں تھا

weil sie sich an diesem Tag schläfrig und dumm fühlte

کیونکہ وہ دن اسے نیند اور بے وقوفی کا احساس دلا رہا تھا

aber plötzlich wurden ihre Gedanken unterbrochen

لیکن اچانک اس کے خیالات میں خلل پڑ گیا۔

ein weißes Kaninchen mit rosa Augen lief nah an ihr vorbei

گلابی آنکھوں والا ایک سفید خرگوش اس کے قریب دوڑ رہا تھا

Es war nichts übermäßig Bemerkenswertes an dem Kaninchen

خرگوش کے بارے میں کچھ بھی زیادہ قابل ذکر نہیں تھا

und Alice fand das Kaninchen auch nicht bemerkenswert

اور ایلس نے خرگوش کو بھی قابل ذکر نہیں سمجھا

auch überraschte es sie nicht, als das Kaninchen sprach

اور نہ ہی خرگوش کے بولنے پر اسے حیرت ہوئی

»O je! Ich werde zu spät kommen!« sagte er zu sich selbst

"ارے بیٹی! مجھے بہت دیر ہو جائے گی!" اس نے اپنے آپ سے کہا

aber dann tat das Kaninchen etwas, was Kaninchen nicht
tun

لیکن پھر خرگوش نے کچھ ایسا کیا جو خرگوش وں نے نہیں کیا

das Kaninchen zog eine Uhr aus der Westentasche

خرگوش نے اپنی کمر کی جیب سے گھڑی نکالی

Er schaute auf die Uhr und eilte dann weiter

اس نے وقت کی طرف دیکھا اور پھر جلدی سے آگے بڑھا۔

**Alice erhob sich erstaunt**

ایلس حیرت سے اپنے پیروں پر کھڑی ہو گئی

**Sie hatte noch nie zuvor ein Kaninchen mit Weste gesehen!**

اس نے پہلے کبھی کمر کوٹ والا خرگوش نہیں دیکھا تھا!

**noch hatte sie je ein Kaninchen mit einer Uhr gesehen!**

اور نہ ہی اس نے کبھی کسی خرگوش کو گھڑی کے ساتھ دیکھا تھا!

**Alice brannte vor neuer Neugierde**

ایلس ایک نئے تجسس سے جل رہی تھی

**und sie rannte über das Feld hinter dem Kaninchen her**

اور وہ خرگوش کے پیچھے کھیت میں دوڑی

**Sie kam gerade noch rechtzeitig, um das Kaninchen
verschwinden zu sehen**

وہ خرگوش کو غائب ہوتے دیکھنے کے لئے وقت پر تھی

**Das Kaninchen hüpfte in einen großen Kaninchenbau hinab**

خرگوش خرگوش کے ایک بڑے سوراخ میں گر گیا

**Im nächsten Augenblick stürzte Alice hinter dem Kaninchen
her!**

ایک اور لمحے میں ، ایلس خرگوش کے پیچھے چلی گئی!

**Der Kaninchenbau ging geradeaus wie ein Tunnel**

خرگوش کا سوراخ ایک سرنگ کی طرح سیدھا چلا گیا

**und der Tunnel ging noch eine Weile weiter**

اور سرنگ کچھ فاصلے تک چلتی رہی۔

**und dann senkte sich der Weg plötzlich hinunter**

اور پھر راستہ اچانک نیچے گر گیا۔

**Alice hatte keinen Augenblick, daran zu denken, ob sie sich
zurückhalten sollte**

ایلس کے پاس خود کو روکنے کے بارے میں سوچنے کے لئے ایک لمحہ بھی نہیں تھا

**Sie fiel hin und hinunter und hinunter**

اس نے خود کو نیچے اور نیچے گرتے ہوئے پایا

Es schien, als sei sie in einen sehr tiefen Brunnen gefallen

ایسا لگ رہا تھا جیسے وہ بہت گہرے کنویں سے نیچے گر گئی ہو۔

Entweder war der Brunnen sehr tief, oder sie fiel sehr langsam

یا تو کنواں بہت گہرا تھا، یا وہ بہت آہستہ آہستہ گر گیا۔

denn sie hatte viel Zeit zum Fallen

کیونکہ اس کے پاس گرنے کے لئے کافی وقت تھا

Als sie fiel, konnte sie sich umsehen

جب وہ گر رہی تھی تو وہ اپنے ارد گرد دیکھ سکتی تھی

Zuerst versuchte sie herauszufinden, wohin sie ging

سب سے پہلے، اس نے یہ جاننے کی کوشش کی کہ وہ کہاں جا رہی ہے

aber der Brunnen war zu dunkel, um etwas zu sehen

لیکن کنواں اتنا اندھیرا تھا کہ کچھ بھی نہیں دیکھ سکتا تھا

Dann blickte sie auf die Seiten des Brunnens

پھر اس نے کنویں کے اطراف کو دیکھا

Und sie bemerkte, dass überall um sie herum Schränke standen

اور اس نے دیکھا کہ اس کے چاروں طرف الماریاں تھیں۔

und rings um den Brunnen waren Bücherregale

اور کنویں کے چاروں طرف کتابوں کی الماریاں تھیں۔

Hier und da sah sie Karten und Bilder, die an Pflöcken hingen

یہاں اور وہاں اس نے نقشے اور تصاویر کو خندقوں پر لٹکا ہوا دیکھا۔

Im Vorbeigehen nahm sie ein Glas aus einem der Regale

گزرتے ہی اس نے الماریوں میں سے ایک سے ایک جار اتارا۔

Das Glas wurde für seinen Inhalt gekennzeichnet

جار کو اس کے مواد کی وجہ سے لیبل کیا گیا تھا

"MARMELADE AUS ORANGEN"

"نارنگی سے بنایا گیا مربہ"

Aber zu ihrer großen Enttäuschung war das Marmeladenglas leer

لیکن، اس کی بڑی مایوسی کے لئے، مرمیلاڈ جار خالی تھا

Sie wollte das leere Marmeladenglas nicht fallen lassen

وہ خالی مربہ جار کو گرانا نہیں چاہتی تھی

und ihr Fall war sehr langsam

اور اس کا زوال بہت سست تھا

So schaffte sie es, das Marmeladenglas in einen der
Schränke zu stellen

لہٰذا وہ مربہ کے برتن کو الماریوں میں سے ایک میں ڈالنے میں کامیاب ہو گئیں۔

Nieder, hinunter, hinunter fiel sie!

نیچے، نیچے، نیچے وہ گرتا ہے!

Würde der Fall jemals ein Ende haben?

کیا زوال کبھی ختم ہو جائے گا؟

Es gab nichts anderes zu tun

کرنے کے لئے کچھ اور نہیں تھا

so fing Alice bald an, mit sich selbst zu reden

تو ایلس نے جلد ہی اپنے آپ سے بات کرنا شروع کر دیا

»Dinah wird mich heute abend sehr vermissen, sollte ich
meinen!«

"دینا مجھے آج رات بہت یاد کرے گی، مجھے سوچنا چاہئے!"

Dinah war Alices Katze

دینا ایلس کی بلی تھی

»Ich hoffe, sie werden sich an ihre Untertasse mit Milch zur
Teezeit erinnern.«

"مجھے امید ہے کہ وہ چائے کے وقت اس کے دودھ کی چٹنی کو یاد رکھیں گے"

»Dinah, meine Liebe, ich wünschte, du wärst hier unten bei
mir!«

"دینا، میرے پیارے، کاش تم یہاں میرے ساتھ ہوتے!"

Alice fühlte, als würde sie einschlafen

ایلس نے محسوس کیا کہ وہ دم توڑ رہی ہے

Und dann plötzlich, dumpf! Bums!

اور پھر اچانک، تھپکی! تھپکی!

Sie fiel auf einen Haufen Stöcke

نیچے وہ لاٹھیوں کے ڈھیر پر گر گئی

und sie landete auf einem Haufen trockener Blätter

اور وہ خشک پتوں کے ڈھیر پر اتر گئی۔

Und endlich war der lange Sturz in das Loch vorbei

اور آخر کار سوراخ سے نیچے گرنے کا طویل عرصہ ختم ہو گیا۔

Alice war kein bisschen verletzt

ایلس کو ذرا بھی چوٹ نہیں آئی

und sie sprang in einem Augenblick auf

اور وہ ایک لمحے کے اندر ہی چھلانگ لگا دی

Sie blickte auf, aber es war alles dunkel über ihr

اس نے اوپر دیکھا، لیکن اوپر اندھیرا تھا

Vor ihr lag ein weiterer langer Korridor

اس کے سامنے ایک اور لمبی راہداری تھی۔

und das weiße Kaninchen war noch in Sicht

اور سفید خرگوش ابھی بھی نظر آ رہا تھا

Er eilte den Korridor hinunter

وہ تیزی سے کوریڈور کی طرف جا رہا تھا

Es war kein Augenblick zu verlieren

کھونے کے لئے ایک لمحہ بھی نہیں تھا

davonlief Alice wie der Wind

ایلس کو ہوا کی طرح چلایا گیا

um die Ecke drehte sich das Kaninchen

کونے کے ارد گرد خرگوش نے پلٹ دیا

Sie kam gerade noch rechtzeitig, um das Kaninchen zu hören

وہ خرگوش کی آواز سننے کے لئے وقت پر تھا

"Oh, meine Ohren und Schnurrhaare"

"اوہ، میرے کان اور مونچھیں"

"Wie spät es wird!"

"کتنی دیر ہو رہی ہے!"

Sie war dicht hinter dem Kaninchen

وہ خرگوش کے پیچھے تھا

Sie bog um eine weitere Ecke

وہ ایک اور کونے میں مڑ گئی

aber das Kaninchen war nicht mehr zu sehen

لیکن خرگوش اب نظر نہیں آ رہا تھا

Sie befand sich in einer langen, niedrigen Halle

اس نے خود کو ایک لمبے، نچلے ہال میں پایا

Der Saal wurde von einer Reihe von Deckenlampen erleuchtet

ہال چھت کے چراغوں کی ایک قطار سے روشن تھا

Überall im Saal gab es Türen

ہال کے چاروں طرف دروازے تھے

aber alle Türen waren verschlossen

لیکن تمام دروازے بند تھے

Sie ging den ganzen Weg an der einen Seite des Flurs hinunter

وہ ہال کے ایک طرف چلتے رہے۔

Und sie war den ganzen Weg auf der anderen Seite des Flurs hinaufgegangen

اور وہ ہال کے دوسری طرف تک چل پڑی تھی۔

Sie hatte jede Tür ausprobiert

اس نے ہر دروازہ آزمایا تھا

Und sie ging traurig in der Mitte des Saales entlang

اور وہ اداس ہو کر ہال کے وسط میں چلی گئی۔

"Wie komme ich da mal wieder raus?"

"میں دوبارہ کیسے باہر جاؤں گا؟"

Plötzlich stieß sie auf einen kleinen Tisch

اچانک وہ ایک چھوٹی سی میز پر آ گئی

Der Tisch wurde komplett aus massivem Glas gefertigt

میز مکمل طور پر ٹھوس شیشے سے بنی تھی

Auf dem Tisch lag nichts als ein winziger goldener Schlüssel

میز پر ایک چھوٹی سی سنہری چابی کے سوا کچھ نہیں تھا

Der Schlüssel könnte zu einer der Türen gehören!

چابی دروازوں میں سے کسی ایک سے متعلق ہوسکتی ہے!

Aber ach! Einige der Schlösser waren zu groß für die Schlüssel

لیکن، افسوس! کچھ تالے چابیوں کے لئے بہت بڑے تھے

und für die anderen Schlösser war der Schlüssel zu klein

اور دوسرے تالے کے لئے چابی بہت چھوٹی تھی۔

aber auf jeden Fall öffnete der Schlüssel keine der Türen

لیکن، کسی بھی قیمت پر، چابی نے کوئی دروازہ نہیں کھولا

Aber was sollte sie tun?

لیکن اسے کیا کرنا تھا؟

Sie ging wieder durch den Saal

وہ ایک بار پھر ہال سے گزری

Und diesmal bemerkte sie einen niedrigen Vorhang

اور اس بار اس نے ایک نچلے پردے کو دیکھا

Hinter dem Vorhang war eine kleine Tür

پردے کے پیچھے ایک چھوٹا سا دروازہ تھا

Die Tür war etwa fünfzehn Zoll hoch

دروازہ تقریبا پندرہ انچ اونچا تھا

Sie probierte den kleinen goldenen Schlüssel im Schloss aus

اس نے تالے میں چھوٹی سی سنہری چابی آزمائی

Und zu ihrer großen Freude passte der Schlüssel ins Schloss!

اور اس کی بڑی خوشی کے لئے، چابی تالے میں فٹ ہے!

Alice öffnete die Tür

ایلس نے دروازہ کھولا

und sie fand, daß die Tür in einen kleinen Korridor führte

اور اس نے دیکھا کہ ایک چھوٹی سی راہداری کی طرف جاتا ہے۔

Der Korridor war nicht viel größer als ein Rattenloch

راہداری چوہے کے سوراخ سے زیادہ بڑی نہیں تھی

Sie kniete nieder und blickte den Korridor entlang

وہ گھٹنے ٹیک کر کوریڈور کی طرف دیکھنے لگی۔

Und sie sah den schönsten Garten, den du je gesehen hast

اور اس نے سب سے پیارا باغ دیکھا جو تم نے کبھی دیکھا ہے

wie sehr sie sich danach sehnte, aus dieser dunklen Halle herauszukommen

وہ کس طرح اس تاریک ہال سے باہر نکلنے کی خواہش مند تھی

wie sie sich wünschte, zwischen diesen leuchtenden Blumen
zu wandern

وہ ان روشن پھولوں کے درمیان کیسے گھومنا چاہتی تھی

Wie cool die Erfrischung dieser Brunnen aussah

وہ چشمے کتنے ٹھنڈے لگ رہے تھے

aber sie konnte nicht einmal ihren Kopf durch die Tür
stecken

لیکن وہ دروازے سے اپنا سر بھی نہیں نکال سکی۔

»Oh,« sagte Alice traurig

"اوہ،" ایلس نے ماتم کرتے ہوئے کہا۔

»wie sehr wünschte ich, ich könnte mich zusammenfalten
wie ein Fernrohr!«

"کاش میں دوربین کی طرح جوڑ سکتا!"

"Ich glaube, ich könnte mich zusammenfalten wie ein
Teleskop"

"مجھے لگتا ہے کہ میں ایک دوربین کی طرح جوڑ سکتا ہوں"

"Wenn ich nur wüsste, wie ich anfangen sollte"

"کاش میں جانتا ہوتا کہ کیسے شروع کرنا ہے"

Alice ging zurück an den Tisch

ایلس واپس میز پر چلی گئی

Es bestand die Möglichkeit, einen weiteren Schlüssel zu
finden

ایک اور کلید تلاش کرنے کا موقع تھا

Oder es gibt ein Buch mit Regeln

یا قواعد کی ایک کتاب ہو سکتی ہے

Das Buch könnte ihr sagen, wie man sich wie ein Teleskop
zusammenfaltet

کتاب اسے بتا سکتی ہے کہ ٹیلی سکوپ کی طرح کیسے جوڑنا ہے

Diesmal fand sie ein Fläschchen

اس بار اسے ایک چھوٹی سی بوتل ملی

"Diese Flasche war gewiß vorher nicht hier," sagte Alice

"یہ بوتل یقینی طور پر پہلے یہاں نہیں تھی," ایلس نے کہا۔

Und um den Flaschenhals war ein Papieretikett gebunden

اور بوتل کی گردن میں ایک کاغذی لیبل باندھا ہوا تھا۔

Das Etikett war wunderschön in großen Buchstaben
gedruckt

لیبل خوبصورتی سے بڑے حروف میں پرنٹ کیا گیا تھا

"TRINK MICH"

"مجھے پیو"

»Nein, ich werde erst nachsehen«, sagte sie

"نہیں، میں پہلے دیکھوں گی۔" اس نے کہا۔

"Ich werde sehen, ob die Flasche als giftig gekennzeichnet
ist oder nicht."

"میں دیکھوں گا کہ بوتل کو زہریلا قرار دیا گیا ہے یا نہیں۔"

weil sie die Lektion über das Gift nie vergessen hat

کیونکہ وہ زہر کے بارے میں سبق کبھی نہیں بھولی

"Wenn eine Flasche als giftig gekennzeichnet ist, wird sie
Ihnen bestimmt nicht zustimmen"

"اگر کسی بوتل کو زہریلا قرار دیا جائے تو یہ آپ سے متفق نہیں ہے"

Diese Flasche war jedoch nicht als giftig gekennzeichnet

تاہم اس بوتل کو زہریلے کے طور پر نشان زد نہیں کیا گیا تھا۔

so wagte Alice es, den Inhalt der Flasche zu kosten

لہذا ایلس نے بوتل کے مواد کا ذائقہ چکھنے کی کوشش کی

Sie fand die Flüssigkeit ganz nach ihrem Geschmack

اس نے مائع کو اپنی پسند کے مطابق پایا

Das Getränk hatte einen gemischten Geschmack

مشروب میں ایک قسم کا ملا جلا ذائقہ تھا

Kirschkuchen, Vanillepudding und Ananas

چیری-ٹارٹ، کسٹرڈ، اور اناناس

Gebratener Truthahn, Toffee und Toast mit heißer Butter

ترکی، ٹافی اور ٹوسٹ کو گرم مکھن کے ساتھ بھونیں

und bald trank sie die Flasche aus

اور اس نے جلد ہی بوتل ختم کر دی

"Was für ein merkwürdiges Gefühl!" sagte Alice

"کیا عجیب احساس ہے!" ایلس نے کہا۔

"Ich klappe mich zusammen wie ein Teleskop!"

"میں ایک دوربین کی طرح فولڈ ہو رہا ہوں!"

Und sie faltete sich tatsächlich zusammen wie ein Teleskop!

اور وہ واقعی ایک دوربین کی طرح فولڈ ہو رہی تھی!

Sie war jetzt nur noch zehn Zentimeter groß

اب وہ صرف دس انچ اونچی تھی

und ihr Gesicht erhellte sich bei ihren Gedanken

اور اس کے خیالات سے اس کا چہرہ چمک اٹھا۔

**Jetzt hatte sie die richtige Größe für das Türchen**

اب وہ چھوٹے سے دروازے کے لئے صحیح سائز تھا

**Jetzt konnte sie in diesen schönen Garten gehen**

اب وہ اس خوبصورت باغ میں جا سکتی تھی

**Bald hörte sie auf, kleiner zu werden**

جلد ہی اس نے چھوٹا ہونا بند کر دیا

**Sie beschloß, sofort in den Garten zu gehen**

اس نے فوری طور پر باغ میں جانے کا فیصلہ کیا

**aber wehe der armen Alice!**

لیکن، بے چارے ایلس کے لئے افسوس!

**Sie kam zur Tür**

وہ دروازے تک پہنچی

**Aber sie hatte den kleinen goldenen Schlüssel vergessen**

لیکن وہ چھوٹی سی سنہری چابی بھول گئی تھی

**Sie ging zurück zum Tisch, um den Schlüssel zu holen**

وہ چابی کے لئے میز پر واپس چلی گئی

**aber sie merkte, daß sie nicht hoch genug greifen konnte**

لیکن اس نے پایا کہ وہ کافی بلندی تک نہیں پہنچ سکتی

**Sie konnte den Schlüssel ganz deutlich durch das Glas sehen**

وہ شیشے کے ذریعے چابی کو بالکل واضح طور پر دیکھ سکتی تھی

**Sie versuchte, die Beine des Tisches hinaufzuklettern**

اس نے میز کی ٹانگوں پر چڑھنے کی کوشش کی

**Aber das Glas war viel zu rutschig**

لیکن گلاس بہت پھسلن والا تھا

**Irgendwann erschöpfte sie sich mit dem Versuch**

آخر کار وہ کوشش کرنے سے تھک گئی

**Und das arme kleine Mädchen setzte sich hin und weinte**

اور بیچاری چھوٹی سی لڑکی بیٹھ کر رونے لگی۔

**Alice sprach ziemlich scharf mit sich selbst**

ایلس نے اپنے آپ سے زیادہ شدت سے بات کی

**"Komm, es hat keinen Zweck, so zu weinen!"**

"آؤ، اس طرح رونے کا کوئی فائدہ نہیں!"

**"Ich rate dir, gleich aufzuhören!"**

"میں تمہیں مشورہ دیتا ہوں کہ اس لمحے رک جاؤ!"

Sie gab sich im Allgemeinen sehr gute Ratschläge

وہ عام طور پر اپنے آپ کو بہت اچھا مشورہ دیتی تھی۔

obwohl sie nur sehr selten ihren eigenen Rat befolgte

اگرچہ وہ شاذ و نادر ہی اپنے مشورے پر عمل کرتی تھی۔

und sie war manchmal zu streng mit sich selbst

اور وہ کبھی کبھی اپنے آپ پر بہت سخت تھی

und ihre Worte trieben ihr Tränen in die Augen

اور اس کے الفاظ اس کی آنکھوں میں آنسو لے آئے۔

Bald fiel ihr Blick auf einen kleinen Glaskasten

جلد ہی اس کی نظر شیشے کے ایک چھوٹے سے ڈبے پر پڑی۔

Der kleine Glaskasten lag unter dem Tisch

شیشے کا چھوٹا سا ڈبہ میز کے نیچے پڑا تھا

In dem Glaskasten befand sich ein sehr kleiner Kuchen

شیشے کے ڈبے میں ایک بہت چھوٹا سا کیک تھا

Auf dem Kuchen waren einige Worte schön geschrieben

کیک پر کچھ الفاظ خوبصورتی سے لکھے گئے تھے

die Worte waren in Johannisbeeren markiert worden

الفاظ کو کرنٹ میں نشان زد کیا گیا تھا

"MICH ESSEN"

"مجھے کھاؤ"

"Nun, ich werde den Kuchen essen," sagte Alice

"ٹھیک ہے، میں کیک کھا لوں گی۔" ایلس نے کہا۔

"Und wenn mich der Kuchen größer werden lässt, kann ich
den Schlüssel erreichen"

"اور اگر کیک مجھے بڑا بناتا ہے، تو میں چابی تک پہنچ سکتا ہوں"

"Und wenn mich der Kuchen kleiner werden lässt, kann ich
unter die Tür kriechen"

"اور اگر کیک مجھے چھوٹا کر دیتا ہے، تو میں دروازے کے نیچے
رینگ سکتا ہوں۔

"Also so oder so komme ich in den Garten"

"تو کسی بھی طرح میں باغ میں داخل ہو جاؤں گا"

"Und es ist mir egal, was von beidem passiert!"

"اور مجھے پرواہ نہیں ہے کہ ان دونوں میں سے کیا ہوتا ہے!"

Sie aß ein wenig von dem Kuchen

اس نے کیک کا تھوڑا سا حصہ کھایا

und sie sprach ängstlich zu sich selbst:

اور اس نے بے چینی سے اپنے آپ سے کہا:

**"In welche Richtung? In welche Richtung?"**

"کس راستے سے؟ کس راستے سے؟"

**und sie hielt die Hand auf den Kopf**

اور اس نے اپنا ہاتھ اپنے سر پر رکھا

**Sie wollte spüren, in welche Richtung sie wuchs**

وہ محسوس کرنا چاہتی تھی کہ وہ کس طرف بڑھ رہی ہے

**Sie war ganz überrascht, als sie erfuhr, was geschehen war**

وہ یہ جان کر بہت حیران ہوئی کہ کیا ہوا تھا

**Sie war gleich groß geblieben!**

وہ ایک ہی سائز کی تھی!

**Also verdoppelte sie dieses Mal ihre Bemühungen**

لہٰذا اس بار اس نے اپنی کوششوں کو دوگنا کر دیا۔

**Und bald war der ganze Kuchen fertig**

اور جلد ہی اس نے پورا کیک ختم کر دیا

## Der Pool der Tränen
آنسوؤں کا تالاب

"Das wird immer interessanter!" rief Alice

"یہ زیادہ سے زیادہ دلچسپ ہوتا جا رہا ہے!" ایلس نے چیخ کر کہا۔

Man kann sehen, dass sie sehr überrascht war

آپ دیکھ سکتے ہیں کہ وہ بہت حیران تھا

"Ich öffne mich wie das größte Teleskop, das es je gab!"

"میں اب تک کی سب سے بڑی دوربین کی طرح کھول رہا ہوں!"

»Auf Wiedersehen, Füße! Oh, meine armen kleinen Füße"

"الوداع، پاؤں! اوہ، میرے غریب چھوٹے پاؤں"

"Ich frage mich, wer euch jetzt die Schuhe anziehen wird,
meine Lieben?"

"میں حیران ہوں کہ اب تمہارے لیے تمہارے جوتے کون پہنے گا،
عزیزو؟"

»und ich frage mich, wer Ihre Strümpfe anziehen wird?«

"اور میں حیران ہوں کہ آپ کا سامان کون رکھے گا؟"

"Ich werde viel zu weit weg sein"

"میں بہت دور ہو جاؤں گا"

"Ich werde mich nicht mehr um dich kümmern können"

"میں اب آپ کے بارے میں اپنے آپ کو پریشان نہیں کر سکوں گا"

In diesem Augenblick schlug ihr Kopf gegen etwas

بس اسی لمحے اس کا سر کسی چیز سے ٹکرا گیا۔

Sie hatte das Dach des Saales erreicht

وہ ہال کی چھت پر پہنچ چکی تھی

Tatsächlich war sie jetzt mehr als zwei Meter groß

درحقیقت، وہ اب دو میٹر سے زیادہ لمبا تھا

und sie ergriff sogleich den kleinen goldenen Schlüssel

اور اس نے فوری طور پر چھوٹی سی سنہری چابی اٹھا لی

und sie eilte zur Gartentür

اور وہ جلدی سے باغ کے دروازے کی طرف چلی گئی۔

Arme Alice! Es gab nicht viel, was sie tun konnte

بیچارہ ایلس! وہ زیادہ کچھ نہیں کر سکتی تھی

Sie legte sich auf die Seite

وہ ایک طرف لیٹ گیا

Und sie blickte mit einem Auge in den Garten hinein

اور اس نے ایک آنکھ سے باغ میں دیکھا

Aber durchzukommen war hoffnungsloser denn je

لیکن اس سے گزرنا پہلے سے کہیں زیادہ مایوس کن تھا۔

Sie setzte sich und fing wieder an zu weinen

وہ بیٹھ گئی اور دوبارہ رونے لگی

Sie fuhr fort, literweise Tränen zu vergießen

وہ گیلن آنسو بہاتی رہی۔

Bald war ein großer Pool um sie herum

جلد ہی اس کے چاروں طرف ایک بڑا تالاب بن گیا۔

und das Wasser reichte bis zur Hälfte des Flurs

اور پانی ہال سے آدھے راستے تک پہنچ گیا۔

Nach einer Weile hörte sie ein leises Getrappel von Füßen

تھوڑی دیر کے بعد، اس نے پیروں کی ہلکی سی دھڑکن سنی۔

Sie hörte die Füße aus der Ferne kommen

اس نے دور سے پاؤں کی آواز سنی

Und sie trocknete sich hastig die Augen, um zu sehen, was kommen würde

اور اس نے جلدی سے اپنی آنکھیں خشک کیں تاکہ دیکھ سکیں کہ کیا ہو رہا ہے

Es war das weiße Kaninchen, das zurückkehrte

یہ سفید خرگوش واپس آ رہا تھا

Er war prächtig gekleidet

اس نے شاندار لباس پہنا ہوا تھا

Er hatte ein Paar weiße Handschuhe in der einen Hand

اس کے ایک ہاتھ میں سفید دستانے تھے۔

Und in der anderen Hand hatte er einen großen Federfächer

اور اس کے دوسرے ہاتھ میں پنکھ کا ایک بڑا پنکھا تھا۔

Er kam in großer Eile dahergetrabt

وہ بڑی جلدی میں ساتھ آیا۔

und er murmelte vor sich hin: »Ach! die Herzogin, die Herzogin!«

اور اس نے اپنے آپ سے کہا، "اوہ! ڈچز، ڈچز!"

»Ach! wird sie nicht wild sein, wenn ich sie habe warten lassen?«

"اوہ! اگر میں نے اسے انتظار میں رکھا ہوتا تو وہ کیا وحشی نہیں ہوتی!

Als das Kaninchen in ihre Nähe kam, sprach Alice

جب خرگوش اس کے قریب آیا تو ایلس بولی

aber sie sprach mit leiser, schüchterner Stimme

لیکن وہ دھیمی، ڈرپوک آواز میں بولی

"Sir, bitte hören Sie für einen Moment auf, was Sie tun"

"جناب، آپ جو کچھ کر رہے ہیں اسے ایک لمحے کے لیے روک دیں"

Das Kaninchen erschrak heftig

خرگوش زور زور سے چونک گیا

Er ließ die weißen Handschuhe und den Federfächer fallen

اس نے سفید دستانے اور پنکھ کا پنکھا گرا دیا

und er eilte fort in die Dunkelheit, so schnell er konnte

اور وہ جتنی جلدی ہو سکے اندھیرے میں چلا گیا۔

Alice hob den Federfächer und die Handschuhe auf

ایلس نے پنکھ کا پنکھا اور دستانے اٹھائے

Und sie fächelte sich immer wieder Luft zu, während sie sprach

اور وہ بات کرتے ہوئے اپنے آپ کو ہوا دیتی رہی

»Liebes, liebes Kind! Wie seltsam ist das alles heute!"

"پیارے، عزیز! آج سب کچھ کتنا عجیب ہے!"

"Gestern ging es weiter wie bisher"

"کل سب کچھ معمول کے مطابق چلتا رہا"

"War ich heute Morgen noch so, als ich aufgestanden bin?"

"آج صبح جب میں اٹھا تو کیا میں بھی ویسا ہی تھا؟"

"Aber wenn ich nicht mehr derselbe bin, dann ist das eine andere Frage"

"لیکن اگر میں وہی نہیں ہوں، تو ایک اور سوال ہے"

"Wer in aller Welt bin ich?"

"میں دنیا میں کون ہوں؟"

"Ah, das ist das große Rätsel!"

"اوہ، یہ سب سے بڑی پہیلی ہے!"

Während sie das sagte, blickte sie auf ihre Hände hinunter

یہ کہتے ہوئے اس نے اپنے ہاتھوں کو نیچے دیکھا۔

Sie trug einen der kleinen weißen Handschuhe des Kaninchens

اس نے خرگوشوں میں سے ایک چھوٹے سفید دستانے پہنے ہوئے تھے

Sie hatte nicht bemerkt, dass sie den Handschuh angezogen hatte, während sie sprach

اس نے بات کرتے ہوئے دستانے پہنے ہوئے نہیں دیکھا تھا

"Wie konnte ich das machen?" dachte sie

"میں ایسا کیسے کر سکتی ہوں؟" اس نے سوچا۔

"Ich muss wieder klein werden"

"میں ایک بار پھر چھوٹا ہو جاؤں گا!"

Sie stand auf und ging zum Tisch, um ihre Größe zu messen

وہ اٹھی اور اپنے قد کی پیمائش کرنے کے لئے میز پر چلی گئی۔

Sie stellte fest, dass sie jetzt etwa einen halben Meter groß war

اسے پتہ چلا کہ اب وہ تقریبا آدھا میٹر لمبی ہے

und sie schrumpfte immer noch schnell

اور وہ اب بھی تیزی سے سکڑ رہی تھی

Bald fand sie heraus, was die Ursache für das Schrumpfen war

اسے جلد ہی پتہ چل گیا کہ سکڑنے کی وجہ کیا تھی۔

Der Federfächer machte sie wieder kleiner!

پنکھ کا پنکھا اسے ایک بار پھر چھوٹا بنا رہا تھا!

Und sie ließ hastig den Federfächer fallen

اور اس نے جلد بازی میں پنکھ کا پنکھا گرا دیا

Sie ließ den Federfächer gerade noch rechtzeitig fallen, um sich zu retten

اس نے خود کو بچانے کے لئے پنکھ کا پنکھا وقت پر گرا دیا

Hätte sie sich noch länger Luft zugefächelt, wäre sie völlig zusammengeschrumpft

اگر اس نے اپنے آپ کو مزید آگے بڑھایا ہوتا تو وہ مکمل طور پر سکڑ

جاتی۔

»Das war ein knappes Entkommen!« sagte Alice

"یہ ایک تنگ فرار تھا!" ایلس نے کہا.

und sie erschrak sehr über die plötzliche Veränderung

اور وہ اس اچانک تبدیلی سے بہت خوفزدہ تھی

aber sie war sehr froh, daß sie noch da war

لیکن وہ خود کو اب بھی وجود میں پا کر بہت خوش تھی۔

"Und jetzt ab in den Garten!"

"اور اب، باغ کی طرف چلو!"

Und sie lief mit aller Geschwindigkeit zurück zu der kleinen Tür

اور وہ پوری رفتار کے ساتھ چھوٹے سے دروازے کی طرف بھاگی۔

Aber ach! Das Türchen wurde wieder geschlossen

لیکن، افسوس! چھوٹا سا دروازہ دوبارہ بند ہو گیا

Und das goldene Schlüsselchen lag wieder auf dem Glastisch

اور چھوٹی سی سنہری چابی دوبارہ شیشے کی میز پر پڑی تھی۔

"Es ist schlimmer als je!" dachte das arme Kind

"حالات پہلے سے بھی بدتر ہیں،" بیچارے بچے نے سوچا۔

"So klein war ich noch nie, niemals!"

"میں پہلے کبھی اتنا چھوٹا نہیں تھا، کبھی نہیں!"

Bei diesen Worten rutschte ihr Fuß aus

جیسے ہی اس نے یہ الفاظ کہے، اس کا پاؤں پھسل گیا

Und im nächsten Augenblick gab es ein großes Plätschern!

اور ایک اور لمحے میں ایک زبردست دھوم مچ گئی!

Sie stand bis zum Kinn im Salzwasser

وہ نمک کے پانی میں اپنی ٹھوڑی تک تھی

Ihre erste Idee war, dass sie irgendwie ins Meer gefallen war

اس کا پہلا خیال یہ تھا کہ وہ کسی طرح سمندر میں گر گئی ہے

Sie erkannte jedoch bald, worin sie sich befand

تاہم، اسے جلد ہی احساس ہو گیا کہ وہ کس حالت میں ہے

Sie war in einer Tränenlache

وہ آنسوؤں کے تالاب میں تھی

die Tränen, die sie geweint hatte, als sie zwei Meter groß war

وہ آنسو جو وہ اس وقت روئے تھے جب وہ دو میٹر لمبی تھیں

In diesem Augenblick hörte sie etwas

تبھی اس نے کچھ سنا

Etwas plätscherte im Pool herum

تالاب میں کچھ چھڑک رہا تھا

Das Plätschern kam aus einiger Entfernung

چھڑکاؤ تھوڑا دور سے آیا تھا

und sie schwamm näher, um zu sehen, was das Plätschern war

اور وہ تیر کر یہ دیکھنے کے لیے قریب آئی کہ چھڑکاؤ کیا ہے

Bald sah sie, dass es nur eine kleine Maus war

اس نے جلد ہی دیکھا کہ یہ صرف ایک چھوٹا سا چوہا تھا

Auch die kleine Maus war ins Wasser geschlüpft

چھوٹا چوہا بھی پانی میں پھسل گیا تھا

Alice dachte bei sich über die Situation nach

ایلس نے اپنے آپ کو صورتحال کے بارے میں سوچا

"Würde es etwas nützen, mit dieser Maus zu sprechen?"

"کیا اس ماؤس سے بات کرنے کا کوئی فائدہ ہوگا؟"

"Hier unten steht alles auf dem Kopf"

"یہاں سب کچھ بہت اوپر کی طرف ہے"

"Ich denke, es ist sehr wahrscheinlich, dass diese Maus sprechen kann."

"مجھے لگتا ہے کہ یہ چوہا بات کر سکتا ہے"

"Es schadet jedenfalls nicht, es zu versuchen"
"کسی بھی قیمت پر، کوشش کرنے میں کوئی نقصان نہیں ہے"
Also begann sie zu versuchen, mit der Maus zu sprechen
تو اس نے چوہے سے بات کرنے کی کوشش شروع کردی
"Oh Maus, kennst du den Weg aus diesem Pool?"
"اوہ ماؤس، کیا تم اس تالاب سے باہر نکلنے کا راستہ جانتے ہو؟"
"Ich bin es leid, hier herumzuschwimmen, oh Maus!"
"میں یہاں تیرکر بہت تھک گیا ہوں، اوہ ماؤس!"
Die Maus schaute sie ziemlich neugierig an
چوہے نے تجسس سے اس کی طرف دیکھا
Die Maus schien mit einem ihrer kleinen Augen zu blinzeln
چوہا اپنی ایک چھوٹی سی آنکھ سے آنکھیں ماررہا تھا
Aber die kleine Maus sagte nichts
لیکن چھوٹے چوہے نے کچھ نہیں کہا
"Vielleicht versteht die Maus kein Englisch!" dachte Alice
"شاید چوہے کو انگریزی سمجھ نہیں آتی،" ایلس نے سوچا۔
"Ich wage zu behaupten, es ist eine französische Maus"
"میں یہ کہنے کی ہمت کرتا ہوں کہ یہ ایک فرانسیسی چوہا ہے"
"Vielleicht kam diese Maus mit Wilhelm dem Eroberer
herüber"
"شاید یہ چوہا ولیم فاتح کے ساتھ آیا تھا"
Also fing sie wieder an, auf Französisch
تو اس نے فرانسیسی میں دوبارہ شروع کیا
"Wo ist meine Katze?", fragte sie auf Französisch
"میری بلی کہاں ہے؟" اس نے فرانسیسی میں پوچھا۔
es war der erste Satz in ihrem französischen Unterrichtsbuch
یہ ان کی فرانسیسی سبق کی کتاب کا پہلا جملہ تھا۔
Die Maus machte einen plötzlichen Sprung aus dem Wasser
ماؤس نے پانی سے اچانک چھلانگ لگائی
Und die Maus schien am ganzen Leibe vor Schreck zu
zittern
اور چوہا ہر طرف خوف سے کانپرہا تھا
"Oh, ich bitte um Verzeihung!" rief Alice hastig
"اوہ، میں آپ سے معافی مانگتی ہوں!" ایلس نے جلدی سے پکارا۔
Sie fürchtete, sie habe die Gefühle des armen Tieres verletzt
اسے ڈر تھا کہ اس نے بیچارے جانور کے جذبات کو ٹھیس پہنچائی ہے
"Ich habe ganz vergessen, dass du keine Katzen magst"

"میں بالکل بھول گیا کہ آپ بلیوں کو پسند نہیں کرتے"
"Ich mag keine Katzen!" rief die Maus mit schriller,
leidenschaftlicher Stimme
"مجھے بلیاں پسند نہیں ہیں!" ماؤس نے ایک تیز، پرجوش آواز میں
پکارا۔

"Hättest du gerne Katzen, wenn du ich wärst?"
"اگر تم میں ہوتے تو کیا تم بلیاں پسند کرتے؟"
Alice tröstete die Maus in einem beruhigenden Ton
ایلس نے چوہے کو آرام دہ لہجے میں تسلی دی
"Naja, vielleicht würde ich an deiner Stelle auch keine
Katzen mögen"
"ٹھیک ہے، اگر میں آپ بھی ہوتے تو شاید میں بلیوں کو پسند نہیں
کرتا"
"Bitte ärgern Sie sich nicht über die Erwähnung von Katzen"
"براہ مہربانی بلیوں کے ذکر پر غصہ نہ کریں"
"Und doch wünschte ich, ich könnte dir unsere Katze Dina
zeigen"
"اور پھر بھی کاش میں تمہیں اپنی بلی دینا دکھا سکتا۔"
"Wenn du sie treffen würdest, würdest du wohl Gefallen an
Katzen finden"
"اگر آپ اس سے ملے تو مجھے لگتا ہے کہ آپ بلیوں کو پسند کریں
گے"
"Wenn du sie nur sehen könntest"
"کاش تم اسے دیکھ سکتے"
"Sie ist so ein liebes, stilles Ding"
"وہ بہت پیاری، خاموش چیز ہے"
Die Maus zitterte am ganzen Körper
چوہا چاروں طرف کانپ رہا تھا
Alice war sich sicher, dass die Maus wirklich beleidigt sein
musste
ایلس کو یقین تھا کہ ماؤس واقعی ناراض ہوگا
"Wir reden nicht mehr über sie, wenn du lieber nicht willst"
"ہم اس کے بارے میں مزید بات نہیں کریں گے، اگر آپ ایسا نہیں کرنا
چاہیں گے"
"Wir, allerdings!" rief die Maus
"ہم واقعی!" چوہے نے چیخ کر کہا۔

Die Maus zitterte bis zum Ende ihres Schwanzes

چوہا اپنی دم کے آخر تک کانپ رہا تھا

»Als ob ich über so ein Thema reden würde!«

"جیسے میں ایسے موضوع پر بات کروں!"

"Unsere Familie hat Katzen schon immer gehasst"

"ہمارا خاندان ہمیشہ بلیوں سے نفرت کرتا ہے"

"Katzen; Gemeine, niedrige, gemeine Dinger!"

"بلیاں۔ گندی، گھٹیا، فحش چیزیں!"

"Laß mich den Namen nicht noch einmal hören!"

"مجھے دوبارہ نام نہ سننے دو!"

"Katzen will ich ja nicht mehr erwähnen!" sagte Alice

"میں دوبارہ بلیوں کا ذکر نہیں کروں گی!" ایلس نے کہا۔

Sie hatte es sehr eilig, das Thema zu wechseln

وہ موضوع کو تبدیل کرنے کے لئے بہت جلدی میں تھا

"Bist du... Lieben Sie Hunde?«

"کیا تم ہو... کیا تمہیں کتوں سے محبت ہے؟"

"Es gibt so einen netten kleinen Hund in der Nähe unseres Hauses."

"ہمارے گھر کے قریب اتنا اچھا چھوٹا کتا ہے۔"

"Ich möchte dir den kleinen Hund zeigen!"

"میں تمہیں چھوٹا کتا دکھانا چاہتا ہوں!"

"Dieser kleine Hund tötet alle Ratten und...

"یہ چھوٹا سا کتا تمام چوہوں کو مارتا ہے اور ..."

»O je!« rief Alice in traurigem Tone

"اوہ پیارے!" ایلس نے غمگین لہجے میں پکارا۔

»Ich fürchte, ich habe dich schon wieder beleidigt!«

"مجھے ڈر ہے کہ میں نے آپ کو ایک بار پھر ناراض کر دیا ہے!"

Die Maus schwamm so schnell sie konnte von ihr weg

چوہا جتنی تیزی سے جا سکتا تھا اس سے دور تیر رہا تھا

Und die Maus machte einen ziemlichen Aufruhr im Tümpel

اور چوہے نے تالاب میں کافی ہنگامہ برپا کر دیا

Da rief sie leise der Maus nach

تو اس نے آہستہ سے چوہے کے پیچھے پکارا۔

"Meine liebe Maus, komm bitte zurück!"

"میرے پیارے چوہے، براہ مہربانی واپس آؤ!"

"Und wir werden nicht über Katzen sprechen"

"اور ہم بلیوں کے بارے میں بات نہیں کریں گے"
"Und über Hunde müssen wir auch nicht reden"
"اور ہمیں کتوں کے بارے میں بھی بات کرنے کی ضرورت نہیں ہے"
Als die Maus das hörte, drehte sie sich um
جب ماؤس نے یہ سنا، تو وہ پیچھے مڑ گیا
Und die kleine Maus schwamm langsam zu ihr zurück
اور ننھا چوہا آہستہ آہستہ تیر کر اس کے پاس واپس آ گیا۔
Das Gesicht der Maus war ganz blaß
چوہے کا چہرہ کافی پیلا تھا
Und die Maus sprach mit leiser, zitternder Stimme
اور چوہا دھیمی، کانپتی ہوئی آواز میں بولا
"Lasst uns ans Ufer gehen"
"چلو ہم ساحل پر آتے ہیں"
"Und dann erzähle ich dir meine Geschichte"
"پھر میں تمہیں اپنی تاریخ بتاؤں گا۔"
"Und du wirst verstehen, warum ich Katzen und Hunde
hasse"
"اور آپ سمجھ جائیں گے کہ مجھے بلیوں اور کتوں سے نفرت کیوں ہے"
Es war höchste Zeit zu gehen
جانے کا یہ بہترین وقت بن گیا تھا
weil der Pool ziemlich voll wurde
کیونکہ تالاب میں کافی بھیڑ لگ رہی تھی
Andere Vögel und Tiere waren in den Pool gefallen
دوسرے پرندے اور جانور تالاب میں گر گئے تھے
es gab eine Ente und einen Dodo
وہاں ایک بطخ اور ایک ڈوڈو تھا
und da waren ein Lory-Vogel und ein Adler
اور وہاں ایک لوری پرندہ اور ایک ایگلٹ تھا۔
und es gab noch einige andere interessant aussehende
Kreaturen
اور وہاں کئی اور دلچسپ نظر آنے والے جانور بھی تھے۔
Alice führte den Weg aus dem Pool
ایلس نے تالاب سے باہر نکلنے کا راستہ دکھایا
und die ganze Gesellschaft der Tiere schwamm ans Ufer
اور جانوروں کی پوری جماعت تیر کر ساحل کی طرف چلی گئی۔

## Ein Caucus-Rennen und ein langer Schwanz

ایک کاکس ریس اور ایک لمبی دم

Es waren in der Tat ein lustig aussehender Haufen Tiere

وہ واقعی ایک مضحکہ خیز نظر آنے والے جانوروں کا گروہ تھے

und sie versammelten sich alle am Ufer des Wassers

اور وہ سب پانی کے کنارے جمع ہو گئے

die Vögel hatten alle zerzauste Federn

ان تمام پرندوں کے پر پھٹے ہوئے تھے

und die pelzigen Tiere waren durchnässt

اور پیارے جانوروں کو بھیگ دیا گیا تھا

und alle waren triefend nass, genervt und unwohl

اور سب گیلے ، ناراض اور بے چین ٹپک رہے تھے

Es gab eine Frage, die zuerst beantwortet werden musste

ایک سوال تھا جس کا جواب پہلے دینا تھا

Was ist der beste Weg für alle, um trocken zu werden?

ہر کسی کے لئے خشک ہونے کا بہترین طریقہ کیا ہے؟

Sie hatten eine Konsultation zu diesem Thema

انہوں نے اس معاملے پر مشاورت کی تھی۔

Bald waren sie alle auf vertrautem Einvernehmen

جلد ہی وہ سب معروف شرائط پر تھے

Es war, als ob sie sie ihr ganzes Leben lang gekannt hätte

ایسا لگتا تھا جیسے وہ انہیں ساری زندگی جانتی تھی

Die Maus schien eine Person mit einer gewissen Autorität
zu sein

ماؤس کسی کسی اختیار کا حامل شخص لگ رہا تھا

"Setzt euch, ihr alle, und hört mir zu!

"تم سب بیٹھو اور میری بات سنو!"

"Ich werde euch bald wieder alle trocken machen!"

"میں جلد ہی تم سب کو دوبارہ خشک کر دوں گا!"

Sie setzten sich alle auf einmal in einem großen Ring nieder

وہ سب ایک ہی وقت میں ایک بڑی انگوٹھی میں بیٹھ گئے۔

Und die kleine Maus saß in der Mitte

اور چھوٹا چوہا درمیان میں بیٹھ گیا

"Ähm!" sagte die Maus mit einer wichtigen Miene

"آہ!" چوہے نے ایک اہم ہوا کے ساتھ کہا۔

"Seid ihr bereit?"

"تم سب تیار ہو؟"

"Das ist das Trockenste, was ich kenne"

"یہ سب سے خشک چیز ہے جو میں جانتا ہوں"

»Schweigen Sie ringsum, wenn Sie wollen!«

"اگر تم چاہو تو چاروں طرف خاموشی!"

"Wilhelm der Eroberer wurde vom Papst begünstigt"

"ولیم فاتح کو پوپ کی طرف سے پسند کیا گیا تھا"

"aber er wurde bald von den Engländern unterworfen"

"لیکن جلد ہی انگریزوں نے اس کے سامنے سر تسلیم خم کر دیا"

"Sie wollten in letzter Zeit Führer"

"وہ دیر سے لیڈر چاہتے تھے"

"Und sie waren an Macht und Eroberung gewöhnt"

"اور وہ طاقت اور فتوحات کے عادی ہو چکے تھے"

"Edwin und Morcar, die Grafen von Mercia und
Northumbria"

"ایڈون اور مورکر، مرسیا اور نارتھمبریا کے ارلز"

»Pfui!« sagte der Lori-Vogel mit einem Schauer

"اوہ!" لوری پرندے نے کانپتے ہوئے کہا۔

"und sogar Stigand, der patriotische Erzbischof von
Canterbury"

"اور یہاں تک کہ سٹیگنڈ، کینٹربری کے محب وطن آرچ بشپ"

"Er fand es auch ratsam"

"اس نے بھی اسے مناسب سمجھا"

"Was hielt er für ratsam?" fragte die Ente

"اسے کیا مناسب لگا؟" بطخ نے کہا۔

"Er fand es ratsam", antwortete die Maus ziemlich verärgert

"اسے یہ مناسب لگا" ماؤس نے اس کے بجائے جواب دیا

aber die Ente war nicht zufrieden

لیکن بطخ مطمئن نہیں تھا

"Natürlich weißt du, was 'es' bedeutet"

"یقیناً، آپ جانتے ہیں کہ 'اس' کا کیا مطلب ہے "

"Ich weiß, was es ist, wenn ich etwas finde," sagte die Ente

بطخ نے کہا ، "میں جانتا ہوں کہ جب مجھے کوئی چیز ملتی ہے تو 'یہ'
کیا ہوتا ہے۔

"Es ist in der Regel ein Frosch oder ein Wurm"

"یہ عام طور پر ایک مینڈک یا ایک کیڑا ہے "

"Die Frage ist, was hat der Erzbischof gefunden?"

سوال یہ ہے کہ آرچ بشپ نے کیا پایا؟

Die Maus bemerkte diese Frage nicht

ماؤس نے اس سوال کو نوٹ نہیں کیا

Stattdessen fuhr die Maus hastig mit der Rede fort

اس کے بجائے، چوہے نے جلدی سے تقریر جاری رکھی۔

"Er fand es ratsam, mit Edgar Atheling zu gehen"

"انہوں نے ایڈگر ایتھلنگ کے ساتھ جانا مناسب سمجھا"

"um William zu treffen und ihm die Krone anzubieten"

"ولیم سے ملنے اور اسے تاج پیش کرنے کے لئے "

fuhr die Maus fort und wandte sich dabei an Alice

ماؤس نے بات جاری رکھتے ہوئے ایلس کی طرف رخ کیا

»Wie geht es dir jetzt, meine Liebe?«

"اب تم کیسے چل رہے ہو بیٹی؟"

»So naß wie immer,« sagte Alice in melancholischem Tone

"ہمیشہ کی طرح گیلا،" ایلس نے اداس لہجے میں کہا۔

"Diese Geschichte scheint mich überhaupt nicht
auszutrocknen"

"ایسا لگتا ہے کہ یہ کہانی مجھے بالکل بھی خشک نہیں کرتی ہے "

»In diesem Falle,« sagte der Dodo feierlich und erhob sich

"اس صورت میں،" ڈوڈو نے اپنے پیروں پر کھڑے ہو کر سنجیدگی
سے کہا۔

"Ich stimme dafür, dass die Sitzung vertagt wird"

"میں ووٹ دیتا ہوں کہ اجلاس ملتوی کر دیا جائے"

"und ich schlage vor, sofort energischere Heilmittel zu
ergreifen"

"اور میں فوری طور پر زیادہ توانائی بخش علاج کو اپنانے کی تجویز
کرتا ہوں"

"Sprich wahre Worte!" sagte der Adler

"حقیقی الفاظ بولو!" عقاب نے کہا۔

"Ich weiß nicht, was die Hälfte dieser langen Worte
bedeutet"

"میں ان لمبے الفاظ میں سے آدھے کا مطلب نہیں جانتا"

»und außerdem glaube ich nicht, daß Sie es wissen!«

"اور، اس سے بھی بڑھ کر، مجھے یقین نہیں ہے کہ آپ بھی جانتے
ہیں!"

»Was ich sagen wollte«, sagte der Dodo in beleidigtem Ton

"میں کیا کہنے جا رہا تھا؟"ڈوڈو نے ناراض لہجے میں کہا۔

"Das Beste, was uns trocken kriegt, wäre ein Caucus-
Rennen"

"ہمیں خشک کرنے کے لئے سب سے اچھی چیز کاکس ریس ہوگی"

»Was ist ein Caucus-Rennen?« fragte Alice

"کاکس ریس کیا ہے؟" ایلس نے کہا۔

"Nun", sagte der Dodo, "der beste Weg, es zu erklären, ist, es zu tun."

"ٹھیک ہے ،" ڈوڈو نے کہا، "اس کی وضاحت کرنے کا بہترین طریقہ یہ ہے کہ ایسا کیا جائے۔

"Zuerst steckte der Dodo eine Rennbahn ab"

"سب سے پہلے ڈوڈو نے ایک ریس کورس کی نشاندہی کی"

"Die Strecke verlief in einer Art Kreis"

"ٹریک ایک طرح کے دائرے میں تھا"

"Und dann wurde die ganze Gesellschaft entlang der Strecke platziert"

"اور پھر تمام پارٹیوں کو راستے میں ڈال دیا گیا"

Es gab kein "Eins, zwei, drei und weg!"

کوئی "ایک، دو، تین اور دور!" نہیں تھا۔

aber sie fingen an zu rennen, wann sie wollten

لیکن جب وہ چاہیں تو انہوں نے دوڑنا شروع کر دیا

Und sie beendeten auch, wenn sie wollten

اور جب وہ چاہیں ختم بھی کر دیتے تھے

Es war also nicht einfach zu wissen, wann das Rennen vorbei war

لہذا یہ جاننا آسان نہیں تھا کہ ریس کب ختم ہوئی۔

Nach etwa einer halben Stunde Laufen waren sie alle ziemlich trocken

آدھے گھنٹے کی دوڑ کے بعد وہ سب کافی خشک تھے۔

der Dodo rief plötzlich: "Das Rennen ist vorbei!"

ڈوڈو نے اچانک پکارا، "دوڑ ختم ہو گئی ہے!"

Und sie drängten sich alle um den Dodo

اور وہ سب ڈوڈو کے ارد گرد جمع ہو گئے

Alle Tiere hechelten und schnauften

تمام جانور تڑپ رہے تھے اور پھونک رہے تھے

und sie alle wollten wissen: "Aber wer hat gewonnen?"

اور وہ سب جاننا چاہتے تھے، "لیکن کون جیت گیا ہے؟"

Diese Frage konnte der Dodo nicht sofort beantworten

اس سوال کا جواب ڈوڈو فوری طور پر نہیں دے سکا

Zuerst musste er sehr viel nachdenken

سب سے پہلے اسے بہت سوچنے کی ضرورت تھی

Nach langem Nachdenken sprach der Dodo schließlich

بہت سوچنے کے بعد، ڈوڈو آخر کار بولا

"Jeder hat gewonnen, und jeder muss Preise haben"

"ہر کوئی جیت گیا ہے، اور سب کے پاس انعام ہونا چاہئے"

»Aber wer soll die Preise geben?« fragte ein Chor von Stimmen

"لیکن انعامات کون دے گا؟" آوازوں کے ایک گروپ نے پوچھا۔

"Nun, sie natürlich", sagte der Dodo

"ٹھیک ہے، وہ، بالکل،" ڈوڈو نے کہا۔

und der Dodo deutete mit einem Finger auf Alice

اور ڈوڈو نے ایک انگلی سے ایلس کی طرف اشارہ کیا۔

und die ganze Gesellschaft von Tieren drängte sich um sie

اور جانوروں کی پوری جماعت اس کے ارد گرد جمع ہو گئی۔

sie riefen verwirrt: »Preise! Preise!"

انہوں نے الجھے ہوئے انداز میں پکارا، "انعامات! انعام!"

Alice hatte keine Ahnung, was sie tun sollte

ایلس کو اندازہ نہیں تھا کہ کیا کرنا ہے

Verzweifelt steckte sie die Hand in die Tasche

مایوس ہو کر اس نے اپنا ہاتھ جیب میں ڈال لیا

Und sie zog eine Schachtel mit Süßigkeiten hervor

اور اس نے مٹھائی کا ڈبہ نکالا

Glücklicherweise war das Salzwasser nicht in den Kasten gelangt

خوش قسمتی سے نمکین پانی ڈبے میں نہیں آیا تھا۔

Und sie reichte die Süßigkeiten als Preise herum

اور اس نے مٹھائیاں انعام کے طور پر تقسیم کیں۔

Es gab genau ein Stück für jeden

ہر ایک کے لئے بالکل ایک ٹکڑا تھا

Das nächste, was sie tun mussten, war, die Süßigkeiten zu essen

اگلا کام جو انہیں کرنا تھا وہ مٹھائی ان کھانا تھا۔

Dies verursachte einige Geräusche und Verwirrung

اس سے کچھ شور اور الجھن پیدا ہوئی

Die großen Vögel klagten, dass sie ihre Süßigkeiten nicht schmecken konnten

بڑے پرندوں نے شکایت کی کہ وہ ان کی مٹھائی کا ذائقہ نہیں لے سکتے

Die Kleinen verschluckten sich und mussten auf den Rücken geklopft werden

چھوٹے بچوں کا گلا گھونٹ دیا گیا اور ان کی پیٹھ تھپتھپانا پڑی۔

**Doch dann war es endlich vorbei**

تاہم، آخر کار یہ ختم ہو گیا تھا۔

**Und sie setzten sich wieder in einem Ring nieder**

اور وہ دوبارہ ایک انگوٹھی میں بیٹھ گئے۔

**Und sie flehten die Maus an, ihnen noch etwas zu erzählen**

اور انہوں نے چوہے سے درخواست کی کہ وہ انہیں کچھ اور بتائے۔

**»Du hast versprochen, mir deine Geschichte zu erzählen, weißt du,« sagte Alice**

"تم نے مجھے اپنی تاریخ بتانے کا وعدہ کیا تھا، تم جانتے ہو،" ایلس نے کہا۔

**und sie machte noch eine kleine Bemerkung über Katzen im Flüsterton**

اور اس نے سرگوشی میں بلیوں کے بارے میں ایک اور چھوٹا سا تبصرہ کیا

**Sie wollte die Maus nicht noch einmal beleidigen**

وہ چوہے کو دوبارہ ناراض نہیں کرنا چاہتا تھا

**die kleine Maus drehte sich zu Alice um und seufzte**

ننھا چوہا ایلس کی طرف مڑ گیا اور آہ بھری

**"Meine Geschichte ist lang und traurig!"**

"میری ایک لمبی اور افسوسناک کہانی ہے!"

**»Es ist gewiß ein langer Schwanz,« sagte Alice**

"یہ ایک لمبی دم ہے، یقینی طور پر،" ایلس نے کہا۔

**Und sie blickte verwundert auf den Schwanz der Maus hinunter**

اور اس نے حیرت سے چوہے کی دم کو دیکھا۔

**"Aber warum nennst du es einen traurigen Schwanz?"**

"لیکن تم اسے اداس دم کیوں کہتے ہو؟"

**Und sie rätselte unaufhörlich, während die Maus sprach**

اور جب چوہا بول رہا تھا تو وہ اس کے بارے میں پریشان رہی۔

**so daß ihre Vorstellung von der Geschichte ungefähr so aussah**

تاکہ کہانی کے بارے میں اس کا خیال کچھ اس طرح ہو۔

"Fury said to
a mouse, That
he met in the
house, 'Let
us both go
to law: I
will prosecute
you.—
Come, I'll
take no denial:
We must have
the trial;
For really
this morning
I've
nothing
to do.'
Said the
mouse to
the cur,
Such a
trial, dear
sir, With
no jury
or judge,
would
be wasting
our
breath.'
'I'll be
judge,
I'll be
jury,'
said
cunning
old
Fury;
'I'll
try
the
whole
cause,
and
condemn
you to
death.'"

Fury sagte zu einer Maus, die er im Haus getroffen hat."

فیوری نے ایک چوہے سے کہا کہ وہ گھر میں ملا تھا۔

Lasst uns beide vor Gericht gehen: Ich werde euch anklagen

آئیے ہم دونوں قانون کی طرف جائیں: میں آپ پر مقدمہ چلاؤں گا۔

Kommen Sie, ich leugne es nicht: Wir müssen den Prozeß haben

آؤ، میں انکار نہیں کروں گا: ہمیں ٹرائل کرنا ہوگا

Denn heute morgen habe ich wirklich nichts zu tun

واقعی آج صبح میرے پاس کرنے کے لئے کچھ نہیں ہے

Sagte die Maus zum Pfarrer;

چوہے نے علاج سے کہا۔

Ein solcher Prozeß, lieber Herr, ohne Geschworene und Richter, würde uns den Atem rauben

اس طرح کا مقدمہ، پیارے جناب، بغیر کسی جیوری یا جج کے، ہماری سانسیں ضائع کر رہے ہوں گے۔

»Ich werde Richter sein, ich werde Geschworener sein«, sagte der schlaue alte Fury

"میں جج بنوں گا، میں جیوری بنوں گا،" چالاک بوڑھا فیوری نے کہا۔

Ich werde die ganze Sache prüfen und dich zum Tode verurteilen

میں پورے مقصد کی کوشش کروں گا، اور تمہیں موت کی سزا دوں گا

die Maus sprach streng zu Alice

چوہے نے ایلس سے سختی سے بات کی

"Du passt nicht auf!"

"تم توجہ نہیں دے رہے!"

"Woran denkst du?"

"تم کیا سوچ رہے ہو؟"

»Ich bitte um Verzeihung,« sagte Alice sehr demütig

"میں آپ سے معافی مانگتی ہوں۔" ایلس نے بڑی عاجزی سے کہا۔

»Sie waren in der fünften Kurve angelangt, glaube ich?«

"مجھے لگتا ہے کہ تم پانچویں موڑ پر پہنچ گئے ہو؟"

"Du beleidigst mich, indem du so einen Unsinn redest!"

"تم ایسی فضول باتیں کرکے میری توہین کرتے ہو!"

Und die Maus stand auf und ging weg

اور چوہا اٹھ کر چلا گیا

Alice rief der kleinen Maus hinterher

ایلس نے چھوٹے چوہے کے پیچھے پکارا

"Bitte komm zurück und beende deine Geschichte!"

"براہ مہربانی واپس آئیں اور اپنی کہانی ختم کریں!"

Und die andern stimmten alle in den Chor ein

اور باقی سبھی نے بھی اس میں حصہ لیا۔

"Ja, bitte beenden Sie Ihre Geschichte!"

"جی ہاں، براہ مہربانی اپنی کہانی ختم کریں!"

Aber die Maus schüttelte nur ungeduldig den Kopf

لیکن چوہے نے صرف بے صبری سے اپنا سر ہلایا

Und die kleine Maus ging ein wenig schneller

اور چھوٹا چوہا تھوڑا تیزی سے چل رہا تھا

"Ich wünschte, ich hätte Dinah, unsere Katze, hier!" sagte Alice

"کاش میرے پاس دینا، ہماری بلی، یہاں ہوتی!" ایلس نے کہا۔

Dies erregte in der Partei ein bemerkenswertes Aufsehen

اس سے پارٹی میں غیر معمولی سنسنی پھیل گئی۔

Einige der Vögel eilten sofort davon

کچھ پرندے ایک ہی وقت میں بھاگ گئے

und ein Kanarienvogel rief mit zitternder Stimme seinen
Kindern zu;

اور ایک کینری نے کانپتی ہوئی آواز میں اپنے بچوں کو پکارا۔

»Kommt fort, meine Lieben!«

"چلے جاؤ میرے پیارے!"

"Es ist höchste Zeit, dass ihr alle im Bett seid!"

"اب وقت آگیا ہے کہ آپ سب بستر پر ہوں!"

Mit verschiedenen Ausreden gingen sie alle weg

مختلف بہانوں سے وہ سب چلے گئے

und Alice war bald allein

اور ایلس جلد ہی اکیلا رہ گیا

"Ich wünschte, ich hätte Dina nicht erwähnt!"

"کاش میں نے دینا کا ذکر نہ کیا ہوتا!"

"Niemand scheint sie hier unten zu mögen"

"ایسا لگتا ہے کہ یہاں کوئی بھی اسے پسند نہیں کرتا"

"Aber ich bin mir sicher, dass sie die beste Katze von der
Welt ist!"

"لیکن مجھے یقین ہے کہ وہ دنیا کی سب سے بہترین بلی ہے!"

Die arme Alice fing wieder an zu weinen

بیچاری ایلس نے پھر رونا شروع کر دیا

weil sie sich sehr einsam und niedergeschlagen fühlte

کیونکہ وہ بہت اکیلا اور کم جوش محسوس کرتی تھی۔

Nach einer Weile aber hörte sie wieder etwas

تاہم تھوڑی دیر میں اس نے ایک بار پھر کچھ سنا۔

ein leises Getrappel von Schritten in der Ferne

دور سے قدموں کی ہلکی سی دھڑکن

und sie blickte eifrig auf

اور اس نے بے چینی سے اوپر دیکھا

## Der Hase schickt den kleinen Mr. Bill herein

خرگوش چھوٹے مسٹر بل کو بھیجتا ہے

**Es war das weiße Kaninchen, das langsam wieder
zurücktrabte**

یہ سفید خرگوش تھا، جو آہستہ آہستہ واپس آ رہا تھا

**Er sah sich ängstlich um, während er ging**

جاتے ہوئے وہ بے چینی سے دیکھ رہا تھا

**Er sah aus, als hätte er etwas verloren**

وہ ایسا لگ رہا تھا جیسے اس نے کچھ کھو دیا ہو

**Alice hörte, wie er vor sich hin murmelte**

ایلس نے اسے اپنے آپ سے چیختے ہوئے سنا

**»Die Herzogin! Die Herzogin! Oh, meine lieben Pfoten!"**

"شہزادی! ڈچز! اوہ، میرے پیارے پنجے!"

**"Oh, mein Fell und meine Schnurrhaare!"**

"اوہ، میری کھال اور مونچھیں!"

**"Sie wird mich hinrichten lassen, da bin ich mir sicher"**

"وہ مجھے پھانسی دے دے گی، مجھے اس بات کا یقین ہے"

**"Genauso sicher, wie Frettchen Frettchen sind!"**

"بالکل اتنا ہی یقینی ہے جتنا فیریٹس فیریٹ ہیں!"

**"Wo kann ich meine Sachen abgestellt haben, frage ich**

mich?"

"میں اپنی چیزیں کہاں چھوڑ سکتا ہوں، مجھے حیرت ہے؟"

Alice erriet in einem Augenblick, was er suchte

ایلس نے ایک لمحے میں اندازہ لگایا کہ وہ کیا تلاش کر رہا ہے

Er war auf der Suche nach dem Federfächer

وہ پنکھ کے پنکھے کی تلاش میں تھا

Und er suchte nach dem Paar weißer Handschuhe

اور وہ سفید دستانے کی جوڑی کی تلاش میں تھا

So machte sie sich sehr gutmütig auf die Suche nach den Handschuhen

لہٰذا اس نے بہت اچھے مزاج سے دستانے تلاش کرنا شروع کر دیے۔

Und sie suchte auch nach dem Federfächer

اور اس نے پنکھ کے پنکھے کو بھی تلاش کیا

Aber die Handschuhe und der Federfächer waren nirgends zu sehen

لیکن دستانے اور پنکھ کا پنکھا کہیں نظر نہیں آ رہا تھا۔

Alles schien sich verändert zu haben, seit sie im Pool geschwommen war

تالاب میں تیرنے کے بعد سے ایسا لگتا تھا کہ سب کچھ بدل گیا ہے

Nichts war mehr so, wie es war, seit sie in der Großen Halle gewesen war

جب سے وہ عظیم ہال میں تھی تب سے کچھ بھی ایک جیسا نہیں تھا۔

und der Glastisch war verschwunden

اور شیشے کی میز غائب ہو گئی تھی

Und die kleine Tür war auch nicht da

اور چھوٹا سا دروازہ بھی وہاں نہیں تھا

Sehr bald bemerkte das Kaninchen Alice

بہت جلد خرگوش نے ایلس کو دیکھا

rief er ihr in zornigem Ton zu

اس نے غصہ بھرے لہجے میں اسے پکارا

"Mary Ann, was machst du hier draußen?"

"مریم این، تم یہاں کیا کر رہی ہو؟"

"Lauf in diesem Moment nach Hause"

"اس لمحے گھر بھاگ جاؤ"

"Und hol mir ein Paar Handschuhe und einen Federfächer!"

"اور میرے لیے دستانے کا ایک جوڑا اور پنکھ کا پنکھا لے آؤ!"

"Und beeil dich!"

"اور اس کے بارے میں جلدی کرو!"

Alice sprach mit sich selbst, als sie davonrannte

ایلس نے بھاگتے ہوئے خود سے بات کی

"Er muss mich für sein Hausmädchen gehalten haben!"

"اس نے مجھے اپنی گھریلو ملازمہ سمجھ لیا ہوگا!"

"Wie überrascht wird er sein, wenn er herausfindet, wer ich bin!"

"وہ کتنا حیران ہوگا جب اسے پتہ چلے گا کہ میں کون ہوں!"

Während sie dies sagte, stieß sie auf ein hübsches Häuschen

یہ کہتے ہی وہ ایک صاف ستھرے چھوٹے سے گھر پر آ گئی۔

An der Tür des Hauses hing eine helle Messingplatte

گھر کے دروازے پر ایک روشن پیتل کی پلیٹ تھی۔

"W. HASE"

"ڈبلیو خرگوش"

Sie trat ein, ohne an die Tür zu klopfen

وہ دروازہ کھٹکھٹائے بغیر اندر چلی گئی

und sie eilte geradewegs die Treppe hinauf

اور وہ جلدی سے سیدھا اوپر کی منزل پر آ گیا

sie machte sich Sorgen, dass sie die echte Mary Ann treffen könnte

اسے فکر تھی کہ وہ حقیقی مریم این سے مل سکتی ہے

denn dann würde sie aus dem Haus gejagt werden

کیونکہ پھر اسے گھر سے نکال دیا جائے گا

Und sie würde den Federfächer und die Handschuhe nicht finden können

اور وہ پنکھ کا پنکھا اور دستانے تلاش نہیں کر پائے گی

Alice hatte den Weg in ein aufgeräumtes Kämmerlein gefunden

ایلس کو ایک صاف ستھرے چھوٹے سے کمرے میں داخل ہونے کا راستہ مل گیا تھا

Im Zimmer stand ein Tisch am Fenster

کمرے میں کھڑکی کے پاس ایک میز تھی

und auf dem Tisch stand ein Federfächer

اور میز پر پنکھ کا پنکھا لگا ہوا تھا

Und da waren zwei oder drei Paar winzige weiße Handschuhe

اور چھوٹے چھوٹے سفید دستانے کے دو یا تین جوڑے تھے۔

Sie hob den Federfächer und ein Paar Handschuhe auf

اس نے پنکھ کا پنکھا اور دستانے کا ایک جوڑا اٹھایا

und sie war eben im Begriff, das Zimmer zu verlassen

اور وہ کمرے سے باہر نکلنے ہی والی تھی

Aber dann fiel ihr Blick auf ein Fläschchen

لیکن پھر اس کی نظر ایک چھوٹی سی بوتل پر پڑی۔

Sie entkorkte die Flasche und führte sie an ihre Lippen

اس نے بوتل کھولی اور اسے اپنے ہونٹوں پر رکھ لیا

"Ich hoffe, dass ich dadurch wieder groß werde"

"مجھے امید ہے کہ یہ مجھے دوبارہ بڑا کرے گا"

"Ich bin es leid, so ein winziges Ding zu sein!"

"میں اتنی چھوٹی سی چیز بن کر تھک گیا ہوں!"

Alice hatte kaum die halbe Flasche getrunken

ایلس نے مشکل سے آدھی بوتل پی تھی

Ihr Kopf drückte bereits gegen die Decke

اس کا سر پہلے ہی چھت پر دبا ہوا تھا

und sie musste sich bücken

اور اسے نیچے گرنا پڑا

um ihr das Genick vor dem Genickbruch zu bewahren

تاکہ اس کی گردن ٹوٹنے سے بچ سکے

Hastig stellte sie die Flasche ab

اس نے جلدی سے بوتل نیچے رکھ دی

"Das reicht"

"یہ کافی ہے"

"Ich hoffe, ich wachse nicht mehr"

"مجھے امید ہے کہ میں اب ترقی نہیں کروں گا"

Leider! Es war zu spät, das zu wünschen!

افسوس! یہ خواہش کرنے کے لئے بہت دیر ہو چکی تھی!

Sie wuchs und wuchs weiter

وہ بڑھتی اور بڑھتی چلی گئی

und sehr bald musste sie sich auf den Boden knien

اور بہت جلد اسے فرش پر گھٹنے ٹیکنے پڑے۔

und selbst dann wuchs sie weiter

اور پھر بھی وہ بڑھتی چلی گئی۔

Als letztes Mittel streckte sie einen Arm aus dem Fenster

آخری وسائل کے طور پر اس نے کھڑکی سے ایک بازو باہر رکھا

und sie setzte einen Fuß auf den Schornstein

اور اس نے چمنی پر ایک پاؤں رکھا

"Jetzt kann ich nicht mehr, was auch immer passiert"

"اب میں مزید کچھ نہیں کر سکتا، جو بھی ہو جائے"

»Was wird aus mir?«

"میرا کیا بنے گا؟"

Alice hatte Glück

ایلس کے پاس قسمت کی ایک جگہ تھی

Das kleine Zauberfläschchen hatte seine volle Wirkung entfaltet

چھوٹی سی جادو کی بوتل نے اپنا پورا اثر ڈالا تھا

und Alice wurde nicht größer, als sie war

اور ایلس اس سے بڑی نہیں ہوئی

Nach ein paar Minuten hörte sie draußen eine Stimme

چند منٹ کے بعد اسے باہر سے ایک آواز سنائی دی۔

Und sie blieb stehen, um der Stimme zu lauschen

اور وہ آواز سننے کے لئے رک گئی

»Mary Ann! Mary Ann!« sagte die Stimme

"مریم این! مریم این!" آواز نے کہا

"Hol mir gleich meine Handschuhe!"

"اس لمحے میرے دستانے لے آؤ!"

Dann ertönte ein leises Getrappel von Füßen auf der Treppe

اس کے بعد سیڑھیوں پر پاؤں کی ہلکی سی دھڑکن آئی۔

Alice wusste, dass es das Kaninchen war, das kam, um sie zu suchen

ایلس جانتی تھی کہ یہ خرگوش ہے جو اسے تلاش کرنے آرہا ہے

und sie zitterte, bis sie das Haus erschütterte

اور وہ اس وقت تک کانپتی رہی جب تک کہ اس نے گھر کو ہلا نہ دیا۔

Sie vergaß ganz, welche Proportionen sie hatte

وہ بالکل بھول گئی کہ اس کا تناسب کیا تھا

Sie war tausendmal so groß wie das Kaninchen

وہ خرگوش سے ہزار گنا بڑی تھی

und sie hatte keinen Grund, sich vor einem Kaninchen zu fürchten

اور اس کے پاس خرگوش سے ڈرنے کی کوئی وجہ نہیں تھی

Bald kam das Kaninchen an die Tür heran

پھر خرگوش دروازے پر آیا

Und das kleine Kaninchen versuchte, die Tür zu öffnen

اور ننھے خرگوش نے دروازہ کھولنے کی کوشش کی

Die Tür begann sich nach innen zu öffnen

دروازہ اندر کی طرف کھلنے لگا

aber Alices Ellbogen wurde hart gegen die Tür gedrückt

لیکن ایلس کی کہنی کو دروازے پر زور سے دبایا گیا تھا۔

Dieser Versuch erwies sich als Fehlschlag

یہ کوشش ناکام ثابت ہوئی

Alice hörte, wie das Kaninchen mit sich selbst sprach

ایلس نے خرگوش کو خود سے بات کرتے سنا

"Dann gehe ich herum und steige durch das Fenster ein"

"پھر میں ادھر ادھر جاؤں گا اور کھڑکی سے اندر آؤں گا۔ "

"Das wirst du nicht!" dachte Alice

"تم ایسا نہیں کرو گے!" ایلس نے سوچا۔

und sie wartete wieder ein wenig

اور اس نے پھر تھوڑا سا انتظار کیا

Bald hörte sie das Kaninchen gerade unter dem Fenster

جلد ہی اس نے کھڑکی کے نیچے خرگوش کی آواز سنی۔

Plötzlich streckte sie ihre Hand aus

اس نے اچانک اپنا ہاتھ پھیلایا

Und sie machte einen Sprung in die Luft

اور اس نے ہوا میں چھین لیا

Sie bekam nichts in die Finger

اس نے کچھ بھی نہیں پکڑا

aber sie hörte einen kleinen Schrei und einen Sturz

لیکن اس نے تھوڑی سی چیخ اور گرنے کی آواز سنی۔

und sie hörte ein Krachen von zerbrochenem Glas

اور اس نے ٹوٹے ہوئے شیشے کے گرنے کی آواز سنی

Vielleicht war das Kaninchen gefallen

شاید خرگوش گر گیا تھا

Vielleicht war er in einem Gewächshaus

شاید وہ کسی گرین ہاؤس میں تھا

Dann ertönte eine zornige Stimme; Die Stimme des Kaninchens

اس کے بعد ایک غصے کی آواز آئی۔ خرگوش کی آواز

"Pat, wo bist du?"

"پیٹ، تم کہاں ہو؟"

Und dann ertönte eine Stimme, die sie noch nie zuvor gehört hatte

اور پھر ایک آواز آئی جو اس نے پہلے کبھی سنی نہیں تھی

"Euer Ehren, ich bin hier!"

"عزت ہے، میں یہاں ہوں!"

"Ich grabe nach Äpfeln"

"میں سیب کے لیے کھدائی کر رہا ہوں"

»Hier! Komm und hilf mir da raus!"

"یہاں! آؤ اور اس سے میری مدد کرو!"

»Nun sag mir, Pat, was ist das da im Fenster?«

"اب مجھے بتاؤ پیٹ، کھڑکی میں یہ کیا ہے؟"

"Sicher, Euer Ehren, ich werde es Ihnen sagen"

"ہاں، آپ کی عزت، میں آپ کو بتاؤں گا۔ "

"Das ist ein Arm, der im Fenster steckt!"

"یہ ایک بازو ہے جو کھڑکی میں ہے!"

"Na ja, da hat ein Arm nichts zu suchen"

"ٹھیک ہے، ایک بازو کا وہاں کوئی کاروبار نہیں ہے"

"Geh und nimm den Arm weg!"

"جاؤ اور بازو ہٹا لو!"

Hierauf trat ein langes Schweigen ein

اس کے بعد ایک لمبی خاموشی چھا گئی۔

und Alice konnte nur ab und zu ein Flüstern hören

اور ایلس صرف سرگوشیاں سن سکتی تھی۔

und endlich streckte sie die Hand wieder aus

اور آخر کار اس نے دوبارہ اپنا ہاتھ پھیلایا

Und sie machte einen weiteren Sprung in die Luft

اور اس نے ہوا میں ایک اور چھین لیا

Diesmal gab es zwei kleine Schreie

اس بار دو چھوٹی چھوٹی چیخیں آئیں۔

und es gab noch mehr Geräusche von zerbrochenem Glas

اور ٹوٹے ہوئے شیشے کی مزید آوازیں آ رہی تھیں۔

"Ich möchte wohl wissen, was sie nun tun werden!" dachte Alice

"میں حیران ہوں کہ وہ آگے کیا کریں گے!" ایلس نے سوچا۔

"Ich wünschte, sie würden mich aus dem Fenster ziehen"

"کاش وہ مجھے کھڑکی سے باہر کھینچ لیتے"

Sie wartete eine Weile

اس نے کچھ دیر انتظار کیا

aber eine Weile hörte sie nichts mehr

لیکن تھوڑی دیر کے لئے اس نے مزید کچھ نہیں سنا

Endlich ertönte das Rumpeln kleiner Rädchen

آخر کار چھوٹے پہیوں کی گونج آئی۔

Und da ertönten viele Stimmen

اور وہاں بہت سی آوازوں کی آواز آئی

Alle Stimmen sprachen miteinander

تمام آوازیں ایک ساتھ بات کر رہی تھیں

Sie konnte einige der Worte verstehen

وہ کچھ الفاظ نکال سکتی تھی

"Wo ist die andere Leiter?"

"دوسری سیڑھی کہاں ہے؟"

"Bill hat die andere Leiter"

"بل کے پاس دوسری سیڑھی ہے"

"Bill, komm her!"

"بل، یہاں آؤ!"

"Wird das Dach die Last tragen?"

"کیا چھت بوجھ برداشت کرے گی؟"

"Wer will schon den Schornstein hinuntergehen?"

"کون چمنی سے نیچے جانا چاہتا ہے ؟"

»Nein, das werde ich nicht! Du machst es!"

"نہیں، میں نہیں کروں گا! تم یہ کرو!"

»Hier, Bill!«

"یہاں، بل!"

"Der Meister sagt, du musst in den Schornstein hinunter!"

"مالک کہتا ہے کہ تمہیں چمنی سے نیچے اترنا ہے!"

Alice zog ihren Fuß so weit den Schornstein hinab, wie sie konnte

ایلس نے اپنا پاؤں چمنی سے جتنا ہو سکے نیچے کھینچ لیا

Und dann wartete sie, was kommen würde

اور پھر وہ انتظار کر رہی تھی کہ کیا ہو رہا ہے

Sie hörte ein kleines Tier kratzen und krabbeln

اس نے ایک چھوٹے سے جانور کو کھرچتے اور تڑپتے ہوئے سنا

Das Tierchen muss sich im Schornstein befinden

چھوٹے جانور کو چمنی میں ہونا چاہئے

dann gab sie einen scharfen Tritt

پھر اس نے ایک تیز لات ماری

Und sie wartete ab, was als nächstes geschehen würde

اور وہ انتظار کر رہی تھی کہ آگے کیا ہوگا

Sie hörte einen allgemeinen Chor von Stimmen

اس نے آوازوں کا ایک عام مجموعہ سنا

"Da geht Bill!", sagten alle

"بل آتا ہے!" سب نے کہا۔

Dann hörte sie allein die Stimme des Kaninchens

پھر اس نے خرگوش کی آواز اکیلے سنی

"Du an der Hecke, fang ihn!"

"تم اسے پکڑ لو!"

Es trat wieder ein Augenblick des Schweigens ein

ایک اور لمحے کی خاموشی چھا گئی

Und dann gab es wieder ein Stimmengewirr

اور پھر آوازوں کی ایک اور الجھن پیدا ہو گئی۔

"Halt seinen Kopf hoch, Brandy"

"اپنا سر اٹھا لو، برانڈی"

"Pass auf, dass du ihn nicht würgst"

"محتاط رہو کہ اس کا گلا نہ گھونٹیں"

"Was ist mit dir passiert?"

"تمہیں کیا ہو گیا ہے؟"

Zuletzt kam eine kleine, schwache, quietschende Stimme

آخری بار ایک ہلکی سی کمزور، چیخنے والی آواز آئی

"Nun, ich weiß es kaum mehr"

"ٹھیک ہے، میں شاید ہی اب کچھ نہیں جانتا"

"Danke euch allen, mir geht es jetzt besser"

"آپ سب کا شکریہ، میں اب بہتر ہوں"

"Es gibt eine Sache, an die ich mich erinnern kann"

"ایک بات مجھے یاد ہے "

"Irgendetwas kommt auf mich zu wie ein Zug im Tunnel"

"سرنگ میں ٹرین کی طرح کوئی چیز مجھ پر آتی ہے "

"Und ich fliege hoch wie eine Rakete!"

"اور میں آسمان ی راکٹ کی طرح پرواز کرتا ہوں!"

Es gab ein oder zwei Minuten des Schweigens

وہاں ایک یا دو منٹ کی خاموشی تھی۔

Und dann fingen sie wieder an, sich zu bewegen

اور پھر انہوں نے دوبارہ گھومنا شروع کر دیا

und Alice hörte das Kaninchen wieder sprechen

اور ایلس نے خرگوش کو دوبارہ بولتے ہوئے سنا

"Ein Karren voll reicht für den Anfang"

"شروع کرنے کے لئے، ایک بیروول کام کرے گا"

"Einen Karren voll wovon?" dachte Alice

"کیا بات ہے؟" ایلس نے سوچا۔

Aber sie wurde nicht lange in Atem gehalten

لیکن اسے زیادہ دیر تک شکوک و شبہات میں نہیں رکھا گیا۔

Ein Regen von kleinen Kieselsteinen drang durch das
Fenster

کھڑکی سے ننھی کنکریوں کی بارش آئی۔

und einige der kleinen Kieselsteine trafen sie im Gesicht

اور کچھ چھوٹی چھوٹی کنکریاں اس کے چہرے پر لگی تھیں۔

Alice wunderte sich über die kleinen Kieselsteine

ایلس چھوٹی چھوٹی کنکریوں کے بارے میں حیران تھی

all die kleinen Kieselsteine verwandelten sich in Kuchen

تمام چھوٹی چھوٹی کنکریاں کیک میں تبدیل ہو رہی تھیں

und eine glänzende Idee kam ihr in den Kopf

اور اس کے ذہن میں ایک روشن خیال آیا۔

"Einen von diesen Kuchen sollte ich essen"

"مجھے ان میں سے ایک کیک کھانا چاہئے"

"Der Kuchen wird sicher etwas an meiner Größe ändern"

"کیک یقینی طور پر میرے سائز میں کچھ تبدیلی کرے گا"

Also schluckte sie einen der Kuchen

تو اس نے ایک کیک نگل لیا

und sie freute sich, als sie feststellte, dass sie anfing zu schrumpfen

اور اسے یہ جان کر خوشی ہوئی کہ وہ سکڑنے لگی

Bald war sie klein genug, um durch die Tür zu kommen

جلد ہی وہ دروازے سے داخل ہونے کے لئے کافی چھوٹی تھی

Sie rannte aus dem Haus

وہ گھر سے بھاگ گئی

Draußen wartete eine Menge kleiner Tiere und Vögel

چھوٹے جانوروں اور پرندوں کا ایک ہجوم باہر انتظار کر رہا تھا

alle kleinen Vögel und Tiere stürzten sich auf Alice

تمام ننھے پرندے اور جانور ایلس کی طرف دوڑ پڑے۔

aber sie rannte davon, so schnell sie konnte

لیکن وہ جتنی جلدی ہو سکے بھاگ گئی۔

und bald fand sie sich sicher in einem dichten Walde

اور جلد ہی اس نے خود کو ایک موٹی لکڑی میں محفوظ پایا

Alice irrte im Walde umher

ایلس جنگل میں گھومتی رہی

Und sie dachte bei sich:

اور اس نے اپنے آپ کو سوچا:

"Ich weiß, was ich zuerst zu tun habe"

"میں جانتا ہوں کہ مجھے پہلے کیا کرنا ہے"

"erst muss ich wieder auf meine richtige Größe wachsen"

"سب سے پہلے مجھے دوبارہ اپنے صحیح سائز میں بڑھنا ہوگا"

"Und dann muss ich den Weg in diesen schönen Garten finden"

"اور پھر مجھے اس خوبصورت باغ میں اپنا راستہ تلاش کرنا ہے"

"Ich glaube, ich sollte irgendetwas essen oder trinken"

"مجھے لگتا ہے کہ مجھے کچھ نہ کچھ کھانا یا پینا چاہئے"

"Aber die Frage ist, was soll ich essen oder trinken?"

"لیکن سوال یہ ہے کہ مجھے کیا کھانا چاہیے اور کیا پینا چاہیے؟"

Alice blickte sich um und betrachtete die Blumen

ایلس نے اپنے چاروں طرف پھولوں کی طرف دیکھا

Und sie schaute durch die Grashalme hindurch

اور اس نے گھاس کے بلیڈوں میں سے دیکھا

aber sie konnte nichts zu essen und zu trinken sehen

لیکن اسے کھانے پینے کے لئے کچھ نظر نہیں آ رہا تھا

Nichts sah nach dem Richtigen zum Essen oder Trinken aus

کچھ بھی کھانے یا پینے کے لئے صحیح چیز کی طرح نہیں لگ رہا تھا

In ihrer Nähe wuchs ein großer Pilz

اس کے قریب ایک بڑا مشروم اگ رہا تھا

der Pilz war ungefähr so groß wie Alice

مشروم کی اونچائی ایلس کے برابر تھی۔

Sie streckte sich auf den Zehenspitzen auf

اس نے اپنے آپ کو ٹانگوں پر پھیلا یا

Und sie guckte über den Rand des Pilzes

اور اس نے مشروم کے کنارے پر جھانک کر دیکھا

Ihre Augen trafen sofort die Augen einer großen blauen Raupe

اس کی آنکھیں فوری طور پر نیلے رنگ کے ایک بڑے کیٹرپلر کی آنکھوں سے ملیں۔

Die Raupe saß auf der Spitze des Pilzes

کیٹرپیلر مشروم کے اوپر بیٹھا ہوا تھا

und die Raupe hatte alle Arme gekreuzt

اور کیٹرپلر نے اپنے تمام بازو ؤں کو پار کر لیا تھا

Und er rauchte leise eine lange Wasserpfeife

اور وہ خاموشی سے ایک لمبا ہکا پی رہا تھا

und er nahm nicht die geringste Notiz von irgendetwas

اور اس نے کسی بھی چیز کا چھوٹا سا نوٹس نہیں لیا

und er achtete gewiß nicht auf Alice

اور اس نے یقینی طور پر ایلس پر توجہ نہیں دی

**Ratschläge von einer Raupe**

کیٹرپیلر سے مشوره

Endlich nahm die Raupe die Shisha aus dem Maul

آخر کار کیٹرپلر نے اپنے منہ سے ہکا نکال لیا

und er redete Alice mit einer trägen, schläfrigen Stimme an

اور اس نے ایلس کو دھیمی اور نیند بھری آواز میں مخاطب کیا۔

"Wer bist du?" fragte die Raupe

"تم کون ہو؟" کیٹرپلر نے پوچھا۔

Alice antwortete etwas schüchtern: "Ich weiß es kaum, Sir."

ایلس نے شرم سے جواب دیا، "میں شاید ہی جانتا ہوں، جناب"

"Gerade im Moment ist alles ein bisschen..."

"بس اس وقت یہ سب کچھ تھوڑا سا ہے...۔"

"Ich weiß, wer ich war, als ich heute Morgen aufgestanden
bin."

"میں جانتا ہوں کہ جب میں صبح اٹھا تو میں کون تھا"

"aber ich glaube, ich muss mich seitdem mehrmals verändert
haben"

"لیکن مجھے لگتا ہے کہ اس کے بعد سے میں کئی بار بدل چکا ہوں۔

"Was meinst du damit?" sagte die Raupe

"اس سے آپ کا کیا مطلب ہے؟" کیٹرپلر نے کہا۔

Streng forderte die Raupe sie auf, sich zu erklären

سختی سے کیٹرپلر نے اسے اپنی وضاحت کرنے کے لئے کہا

»Ich kann mich nicht erklären, fürchte ich, Sir«, sagte Alice

"میں اپنے آپ کو بیان نہیں کر سکتی، مجھے ڈر ہے، سر،" ایلس نے کہا.

"weil ich nicht ich selbst bin"

"کیونکہ میں خود نہیں ہوں"

"Du siehst, es ist sehr verwirrend, so viele verschiedene Größen an einem Tag zu haben"

"آپ دیکھتے ہیں، ایک دن میں اتنے مختلف سائز ہونا بہت الجھن ہے "

Sie raffte sich auf und sagte sehr ernst:

اس نے اپنے آپ کو اوپر اٹھایا اور بہت سنجیدگی سے کہا:

"Ich denke, du solltest mir zuerst sagen, wer du bist"

"مجھے لگتا ہے کہ آپ کو پہلے مجھے بتانا چاہئے کہ آپ کون ہیں"

"Warum?" fragte die Raupe

"کیوں؟" کیٹرپلر نے کہا۔

Alice fiel kein guter Grund ein

ایلس کوئی اچھی وجہ نہیں سوچ سکتی تھی

und die Raupe schien sich in einem sehr unangenehmen Gemütszustand zu befinden

اور کیٹرپلر بہت ناگوار ذہنی حالت میں لگ رہا تھا

also wandte sie sich ab

اس لیے وہ منہ موڑ لیا

"Komm zurück!" rief ihr die Raupe nach

"واپس آؤ!" کیٹرپلر نے اس کے پیچھے پکارا۔

"Ich habe etwas Wichtiges zu sagen!"

"مجھے کچھ اہم کہنا ہے!"

Alice drehte sich um und kam wieder zurück

ایلس مڑ گئی اور دوبارہ واپس آ گئی

"Behalte die Fassung!" sagte die Raupe

"اپنا غصہ رکھو،" کیٹرپلر نے کہا۔

»Ist das alles?« fragte Alice

"بس اتنا ہی ہے؟" ایلس نے کہا۔

und sie schluckte ihren Zorn hinunter, so gut sie konnte

اور اس نے اپنا غصہ جتنا ہو سکے نگل لیا۔

"Nein!" sagte die Raupe

"نہیں۔" کیٹرپلر نے کہا۔

Die Raupe breitete ihre Arme aus

کیٹرپلر نے اپنے بازو کھول ے

Und er nahm die Shisha wieder aus dem Mund

اور اس نے دوبارہ اپنے منہ سے ہکا نکال لیا۔

Und er sagte: "Du glaubst also, du bist verändert, oder?"

اور اس نے کہا، "تو آپ کو لگتا ہے کہ آپ تبدیل ہو گئے ہیں، ہے نا؟"

»Ich fürchte, ich bin verändert, Sir,« sagte Alice

"مجھے ڈر لگتا ہے، میں بدل گئی ہوں، سر،" ایلس نے کہا۔

"Ich kann mich nicht mehr so an Dinge erinnern, wie ich sie
früher in Erinnerung hatte"

"مجھے چیزیں یاد نہیں ہیں جیسا کہ میں انہیں یاد کرتا تھا"

"Und ich bleibe nicht länger als zehn Minuten gleich groß!"

"اور میں دس منٹ سے زیادہ ایک ہی سائز میں نہیں رہتا!"

"Wie groß willst du sein?" fragte die Raupe

"تم کس سائز کا بننا چاہتے ہو؟" کیٹرپلر نے پوچھا۔

»Oh, es ist mir nicht besonders wichtig, wie groß ich bin«,
erwiderte Alice hastig

"اوہ، مجھے اس سے کوئی فرق نہیں پڑتا کہ میں کس سائز کا ہوں،"
ایلس نے جلدی سے جواب دیا۔

"Ich mag es einfach nicht, so oft die Größe zu wechseln,
weißt du"

"مجھے اکثر سائز تبدیل کرنا پسند نہیں ہے، آپ جانتے ہیں"

"Ich würde gerne etwas größer sein, Sir"

"میں تھوڑا بڑا ہونا چاہوں گا جناب"

»wenn es dir nichts ausmacht,« fügte Alice hinzu

"اگر آپ کو کوئی اعتراض نہیں ہوگا،" ایلس نے مزید کہا

"Zehn Zentimeter sind so eine erbärmliche Größe"

"دس سینٹی میٹر کی اونچائی اتنی خراب ہے"

"Das ist wirklich eine sehr gute Höhe!" sagte die Raupe
ärgerlich

"یہ واقعی بہت اچھی اونچائی ہے!" کیٹرپلر نے غصے سے کہا۔

und er richtete sich auf, während er sprach

اور بولتے ہوئے اس نے اپنے آپ کو سیدھا اٹھا لیا

Er war genau zehn Zentimeter groß

وہ بالکل دس سینٹی میٹر اونچا تھا

In ein oder zwei Minuten war die Raupe vom Pilz

heruntergekommen

ایک یا دو منٹ میں، کیٹرپلر مشروم سے نیچے اتر گیا

und er kroch ins Gras

اور وہ گھاس میں رینگ کر چلا گیا

Als er sich entfernte, machte er einige kleine Bemerkungen

جاتے ہوئے اس نے کچھ چھوٹی چھوٹی باتیں کیں۔

"Eine Seite lässt dich größer werden"

"ایک طرف آپ کو لمبا کر دے گا"

"Und die andere Seite wird dich kleiner werden lassen"

"اور دوسرا رخ آپ کو چھوٹا کر دے گا"

"Eine Seite wovon?" dachte Alice bei sich

"کس چیز کا ایک رخ؟" ایلس نے خود سے سوچا۔

"Die andere Seite von was?"

"دوسری طرف کیا ہے؟"

"Die Seite des Pilzes!" sagte die Raupe

"مشروم کا ایک طرف،" کیٹرپلر نے کہا۔

Es war, als hätte sie ihre Frage laut gestellt

ایسا لگتا تھا جیسے اس نے اپنا سوال اونچی آواز میں پوچھا ہو۔

und im nächsten Augenblick war er außer Sichtweite

اور ایک اور لمحے میں وہ نظروں سے اوجھل ہو گیا۔

Alice blieb stehen und betrachtete den Pilz nachdenklich

ایلس سوچ سمجھ کر مشروم کی طرف دیکھتی رہی

Sie versuchte herauszufinden, welche die beiden Seiten des
Pilzes waren

وہ یہ جاننے کی کوشش کر رہی تھی کہ مشروم کے دو رخ کون سے تھے۔

Endlich streckte sie ihre Arme um den Pilz

آخر کار اس نے مشروم کے گرد اپنے بازو پھیلائے۔

und sie brach ein Stück der Ränder ab

اور اس نے کناروں کا تھوڑا سا حصہ توڑ دیا

»Und nun, welche Seite ist welche?« fragte sie sich

"اور اب کون سی طرف ہے؟" اس نے خود سے کہا۔

und sie knabberte ein wenig von dem Stück der rechten
Hand

اور اس نے دائیں ہاتھ کے ٹکڑے میں سے تھوڑا سا جھٹکا دیا۔

Im nächsten Augenblick spürte sie einen heftigen Schlag
unter ihrem Kinn

اگلے ہی لمحے اس نے اپنی ٹھوڑی کے نیچے ایک پُرتشدد جھٹکا محسوس کیا۔

**Ihr Kinn hatte ihren Fuß getroffen!**

اس کی ٹھوڑی اس کے پاؤں سے ٹکرائی تھی!

**Sie war sehr erschrocken über diese sehr plötzliche Veränderung**

وہ اس اچانک تبدیلی سے بہت خوفزدہ تھی

**Sie schrumpfte sehr schnell**

وہ بہت تیزی سے سکڑ رہا تھا

**Also aß sie schnell etwas von dem anderen Stück Pilz**

لہذا اس نے جلدی سے مشروم کا کچھ دوسرا ٹکڑا کھا لیا۔

**Ihr Kinn war sehr eng gegen ihren Fuß gepresst**

اس کی ٹھوڑی اس کے پاؤں پر بہت قریب سے دبی ہوئی تھی۔

**Es war kaum Platz, um den Mund aufzumachen**

اس کا منہ کھولنے کے لئے شاید ہی جگہ تھی

**aber schließlich gelang es ihr, den Mund aufzumachen**

لیکن آخر کار وہ اپنا منہ کھولنے میں کامیاب ہو گئی۔

**und sie schluckte einen Bissen von dem linken Stück**

اور اس نے بائیں ہاتھ کے ٹکڑے کا ایک ٹکڑا نگل لیا۔

**»mein Kopf ist endlich frei!« sagte Alice**

"آخر کار میرا سر آزاد ہو گیا ہے!" ایلس نے کہا۔

**Sie blickte an sich herunter**

اس نے اپنے آپ کو نیچے دیکھا

**aber alles, was sie sehen konnte, war ein ungeheurer Hals**

لیکن وہ صرف گردن کی ایک بہت بڑی لمبائی دیکھ سکتی تھی۔

**Ihr Hals schien sich wie ein Stiel zu erheben**

اس کی گردن ایک ڈنڈے کی طرح اٹھ رہی تھی

**Und sie blickte auf ein Meer von grünen Blättern hinab**

اور اس نے سبز پتوں کے سمندر پر نظر ڈالی۔

**"Wo sind meine Schultern geblieben?"**

"میرے کندھے کہاں پہنچ گئے ہیں؟"

**»Und ach, meine armen Hände, wie kommt es, daß ich euch nicht sehen kann?«**

"اور اوہ، میرے بیچارے ہاتھ، میں تمہیں کیسے نہیں دیکھ سکتا؟"

**Aber ihr Hals hatte einen Vorteil**

لیکن اس کی گردن کا ایک فائدہ تھا

Sie konnte ihren Kopf in jede Richtung bewegen

وہ اپنا سر کسی بھی سمت میں ہلا سکتی ہے

Tatsächlich war sie wie eine Schlange

درحقیقت، وہ بالکل سانپ کی طرح تھا

Sie senkte anmutig ihren Kopf im Zickzack

اس نے بڑی خوبصورتی سے اپنا سر جھکا لیا

Und sie bewegte ihren Kopf durch die Bäume

اور اس نے درختوں میں سے اپنا سر ہلایا

Aber dann hörte sie ein scharfes Zischen

لیکن پھر اس نے ایک تیز آواز سنی

Und sie zog schnell den Kopf zurück

اور اس نے جلدی سے اپنا سر پیچھے کھینچ لیا

Eine große Taube war ihr ins Gesicht geflogen

ایک بڑا کبوتر اس کے چہرے پر اڑ گیا تھا

und die Taube fuhr mit den Flügeln heftig zusammen

اور کبوتر اپنے پروں کے ساتھ زور زور سے تھا

»Schlange!« rief die Taube

"سانپ!" کبوتر نے چیخ کر کہا۔

"Ich bin keine Schlange!" sagte Alice entrüstet

"میں سانپ نہیں ہوں!" ایلس نے غصے سے کہا۔

"Laß mich in Ruhe!"

"مجھے اکیلا چھوڑ دو!"

"Ich habe die Wurzeln von Bäumen ausprobiert"

"میں نے درختوں کی جڑیں آزمائی ہیں"

"Und ich habe es mit Hecken versucht", fuhr die Taube fort

"اور میں نے ہیج لگانے کی کوشش کی ہے،" کبوتر نے آگے بڑھایا۔

»Aber diese Schlangen! Man kann es ihnen nicht recht machen!"

"لیکن وہ سانپ! انہیں خوش کرنے کی کوئی بات نہیں ہے!"

Alice war immer verwirrter

ایلس زیادہ سے زیادہ حیران تھی

"Als ob es nicht schon Mühe genug wäre, die Eier auszubrüten!" sagte die Taube

کبوتر نے کہا، "جیسے انڈے اگانے میں کافی پریشانی نہ ہو۔

"Tag und Nacht muss ich mich auch vor Schlangen in Acht nehmen!"

"رات اور دن مجھے سانپوں کی بھی تلاش کرنی پڑتی ہے!"

"Ich hatte gerade den höchsten Baum im Wald gefunden"

"مجھے ابھی جنگل میں سب سے اونچا درخت ملا تھا"

"Wäre ich hier sicher frei von Schlangen?"

"کیا میں یہاں سانپوں سے آزاد ہو جاؤں گا؟"

"Und heraus kommt eine Schlange vom Himmel!"

"اور آسمان سے ایک سانپ نکلتا ہے!"

"Aber ich bin keine Schlange, sage ich dir!" sagte Alice

"لیکن میں سانپ نہیں ہوں، میں تمہیں بتاتی ہوں!" ایلس نے کہا۔

"Ich bin ein... Ich bin ein... Ich bin ein kleines Mädchen«, fügte sie etwas zweifelnd hinzu

"میں ایک ہوں... میں ایک ہوں ... میں ایک چھوٹی سی لڑکی ہوں،" اس نے شک سے کہا۔

Schließlich hatte sie viele Veränderungen durchgemacht

آخر کار وہ بہت سی تبدیلیوں سے گزر رہی تھی

"Du suchst Eier!" sagte die Taube

"تم انڈے ڈھونڈ رہے ہو۔" کبوتر نے کہا۔

"Das weiß ich mit Sicherheit"

"میں یہ ایک حقیقت کے لئے جانتا ہوں"

"Und was macht es aus, ob du ein kleines Mädchen oder eine Schlange bist?"

"اور اس سے کیا فرق پڑتا ہے کہ تم چھوٹی لڑکی ہو یا سانپ؟"

»Es liegt mir sehr viel daran,« sagte Alice hastig

"یہ میرے لئے ایک اچھا معاہدہ ہے،" ایلس نے جلدی سے کہا

"Aber ich bin nicht auf der Suche nach Eiern, wie es der Zufall will"

"لیکن میں انڈوں کی تلاش میں نہیں ہوں، جیسا کہ ہوتا ہے"

"Und ich würde deine Eier sowieso nicht wollen"

"اور میں ویسے بھی آپ کے انڈے نہیں چاہتا"

"Ich mag meine Eier nicht roh"

"مجھے اپنے انڈے کچے پسند نہیں ہیں"

»Nun, dann fort!« sagte die Taube in mürrischem Tone

"ٹھیک ہے، پھر چلے جاؤ!" کبوتر نے مضحکہ خیز لہجے میں کہا۔

und die Taube ließ sich wieder in ihrem Nest nieder

اور کبوتر دوبارہ اپنے گھونسلے میں بس گیا۔

Alice kauerte sich zwischen die Bäume, so gut sie konnte

ایلس درختوں کے درمیان اتنی ہی جھک گئی جتنی وہ کر سکتی تھی

Ihr Hals verfing sich immer wieder zwischen den Ästen

اس کی گردن شاخوں کے درمیان الجھتی رہی

Hin und wieder musste sie anhalten und ihren Hals aufdrehen

ہر بار اسے رکنا پڑتا تھا اور اپنی گردن اتارنی پڑتی تھی۔

Nach einer Weile erinnerte sie sich an den Pilz

تھوڑی دیر کے بعد اسے مشروم یاد آیا

Sie hielt die Pilzstücke noch immer in ihren Händen

وہ اب بھی مشروم کے ٹکڑوں کو اپنے ہاتھوں میں تھامے ہوئے تھی

Und sie machte sich sehr vorsichtig an die Arbeit

اور اس نے بہت احتیاط سے کام کرنے کا فیصلہ کیا

Zuerst knabberte sie an einem Stück

سب سے پہلے وہ ایک ٹکڑے پر جھک گئی

Und dann knabberte sie an dem anderen Stück

اور پھر اس نے دوسرے ٹکڑے پر ہاتھ پھیرا۔

Manchmal wurde sie größer

کبھی کبھی وہ لمبا ہو جاتا ہے

und manchmal wurde sie kleiner

اور کبھی کبھی وہ چھوٹا ہو جاتا ہے

Aber schließlich erreichte sie ihre übliche Größe

لیکن آخر کار اس نے اپنا معمول کا قد حاصل کر لیا

Sie war schon seit einiger Zeit nicht mehr so groß wie sie selbst

وہ کچھ عرصے سے اپنا قد نہیں تھا

So fühlte sich alles eine Zeit lang seltsam an

تو کچھ دیر کے لئے سب کچھ عجیب محسوس ہوا

"Das nächste, was zu tun ist, ist, in diesen schönen Garten zu gehen"

"اگلی چیز اس خوبصورت باغ میں داخل ہونا ہے "

»wie soll man das machen?«

"یہ کیسے کیا جائے ، مجھے حیرت ہے؟"

Während sie dies sagte, stieß sie auf einen offenen Platz

یہ کہتے ہی وہ ایک کھلی جگہ پر آ گئی۔

Da war ein kleines Haus, etwas höher als einen Meter

ایک چھوٹا سا گھر تھا، جو ایک میٹر سے تھوڑا سا اونچا تھا۔

"Ich frage mich, wer in diesem kleinen Haus wohnt"

"مجھے حیرت ہے کہ اس چھوٹے سے گھر میں کون رہتا ہے "

"So groß wie ich bin, kann ich sicher nicht reingehen"

"میں یقینی طور پر اتنا بڑا نہیں جا سکتا جتنا میں ہوں"

"Ich würde sie fürchterlich erschrecken!"

"میں انہیں بہت ڈرا دوں گا!"

Also knabberte sie wieder an dem kleinen Pilz

اس لیے وہ ایک بار پھر ننھے مشروم کو دیکھ کر ہنسنے لگی۔

Und bald brachte sie sich dreißig Zentimeter tief

اور جلد ہی اس نے اپنے آپ کو تیس سینٹی میٹر نیچے لا لیا۔

# Ein Schwein und etwas Pfeffer

ایک اور کچھ کالی مرچ

**Ein oder zwei Minuten lang stand sie da und betrachtete das Haus**

ایک یا دو منٹ تک وہ گھر کی طرف دیکھتی رہی۔

**Plötzlich kam ein Lakai aus dem Walde gerannt**

اچانک ایک پیدل چلنے والا جنگل سے بھاگتا ہوا آیا۔

**Er trug eine spezielle Livree-Uniform**

اس نے ایک خاص لیوری یونیفارم پہنا ہوا تھا

**Seinem Gesicht nach zu urteilen, hätte sie ihn einen Fisch genannt**

صرف اس کے چہرے کو دیکھتے ہوئے، وہ اسے مچھلی کہتی۔

**und er klopfte laut mit den Fingerknöcheln an die Tür**

اور اس نے زور زور سے دروازے پر اپنی انگلیوں سے ہاتھ پھیرا۔

**Die Tür wurde von einem anderen Lakaien geöffnet**

دروازہ ایک اور پیدل آدمی نے کھولا

**Auch dieser Lakai trug eine besondere Livree**

اس پیدل آدمی نے بھی ایک خاص لباس پہنا ہوا تھا

**Dieser Lakai hatte ein rundes Gesicht und große Augen wie ein Frosch**

اس پیدل آدمی کا چہرہ گول تھا اور مینڈک کی طرح بڑی آنکھیں تھیں۔

Der Lakai, der wie ein Fisch aussah, leitete die Zeremonie ein

مچھلی کی طرح نظر آنے والے فٹ مین نے تقریب کا آغاز کیا

Er zog etwas unter seinem Arm hervor

اس نے اپنے بازو کے نیچے سے کچھ نکالا

Und er zog unter seinem Arm einen Umschlag hervor

اور اس نے اپنے بازو کے نیچے سے ایک لفافہ نکالا۔

und diesen Umschlag übergab er dem andern Lakaien

اور یہ لفافہ اس نے دوسرے پیدل آدمی کے حوالے کر دیا۔

In zeremoniellem Tone teilte er ihm die Befehle mit

رسمی لہجے میں اس نے اسے احکامات سے آگاہ کیا۔

"Diese Botschaft ist für die Herzogin"

"یہ پیغام ڈچز کے لئے ہے"

"Eine Einladung der Königin zum Krocketspielen"

"ملکہ کی طرف سے کروکیٹ کھیلنے کی دعوت"

Der Lakai, der wie ein Frosch aussah, wiederholte den Befehl

مینڈک کی طرح نظر آنے والے فٹ مین نے حکم دہرایا

"Von der Königin"

"ملکہ کی طرف سے"

"Eine Einladung"

"ایک دعوت"

"für die Herzogin"

"ڈچز کے لئے"

"Krocket spielen"

"کروکیٹ کھیلنا"

Dann verbeugten sie sich beide tief

پھر وہ دونوں جھک گئے۔

und die Locken in ihren Perücken verwickelten sich ineinander

اور ان کی وگوں میں موجود کرل ایک دوسرے میں الجھ گئے۔

Bald war der Lakai, der wie ein Fisch aussah, verschwunden

جلد ہی مچھلی کی طرح نظر آنے والا پیدل آدمی چلا گیا

Aber der Lakai, der wie ein Frosch aussah, war immer noch da

لیکن وہ پیدل آدمی جو مینڈک کی طرح لگ رہا تھا اب بھی وہیں تھا

Er saß auf dem Boden in der Nähe der Tür

وہ دروازے کے قریب زمین پر بیٹھا تھا

Er starrte dumm in den Himmel

وہ احمقانہ انداز میں آسمان کی طرف دیکھ رہا تھا

Alice ging schüchtern zur Tür und klopfte

ایلس ڈرتے ہوئے دروازے کی طرف بڑھی اور دستک دی۔

»Es hat keinen Zweck, anzuklopfen,« sagte der Lakai

"دستک دینے کا کوئی فائدہ نہیں ہے،" فٹ مین نے کہا۔

"Und das aus zwei Gründen"

"اور اس کی دو وجوہات ہیں"

"Erstens, weil ich auf der gleichen Seite der Tür stehe wie du"

"سب سے پہلے، کیونکہ میں دروازے کے ایک ہی طرف ہوں جیسا کہ آپ ہیں"

"Zweitens, weil sie drinnen so viel Lärm machen"

"دوسری وجہ یہ ہے کہ وہ اندر سے بہت شور مچا رہے ہیں"

"Niemand könnte dich hören"

"شاید کوئی آپ کو سن نہیں سکتا"

Und es war gewiß ein höchst merkwürdiger Lärm im Innern

اور یقینی طور پر اندر ایک انتہائی غیر معمولی شور چل رہا تھا۔

ein ständiges Heulen und Niesen

مسلسل چیخنا اور چھینکنا

und ab und zu ein Geräusch von großem Krachen

اور ہر بار بڑے حادثے کی آواز آتی رہتی ہے۔

als ob eine Schüssel oder ein Wasserkocher in Stücke zerbrochen wäre

گویا کوئی ڈش یا کیتلی ٹوٹ کر ٹکڑے ٹکڑے ہو گئی ہو۔

"Wie soll ich da reinkommen?" fragte Alice

"میں اندر کیسے جاؤں؟" ایلس نے پوچھا۔

»Wollen Sie überhaupt hineinkommen?« fragte der Lakai

"کیا آپ کو اندر جانا چاہیے؟" پیدل چلنے والے نے کہا۔

"Das ist die erste Frage, weißt du"

"یہ پہلا سوال ہے، آپ جانتے ہیں"

Alice öffnete die Tür und trat ein

ایلس نے دروازہ کھولا اور اندر چلی گئی

Die Tür führte direkt in eine große Küche

دروازہ سیدھا ایک بڑے باورچی خانے کی طرف جاتا ہے

Die Küche war von einem Ende bis zum anderen voller Rauch

باورچی خانہ ایک سرے سے دوسرے سرے تک دھوئیں سے بھرا ہوا تھا

in der Mitte der Küche saß die Herzogin

باورچی خانے کے وسط میں ڈچز تھیں۔

Sie saß auf einem dreibeinigen Hocker

وہ تین ٹانگوں والے سٹول پر بیٹھی تھی

und sie stillte ein Baby

اور وہ ایک بچے کو دودھ پلا رہی تھی

Die Köchin beugte sich über das Feuer

باورچی آگ کے اوپر جھکا ہوا تھا

Er rührte einen großen Kessel

وہ ایک بڑے کیلڈرون کو ہلا رہا تھا

und der Kessel schien mit Suppe gefüllt zu sein

اور کیلڈرن سوپ سے بھرا ہوا لگ رہا تھا

"Da ist sicher zu viel Pfeffer drin!" sagte Alice zu sich selbst

"اس سوپ میں یقینا بہت زیادہ کالی مرچ ہے!" ایلس نے اپنے آپ سے کہا

Sie sagte es, so gut sie konnte, ohne zu niesen

اس نے چھینک کے بغیر یہ سب سے بہتر کہا

Sogar die Herzogin nieste gelegentlich

یہاں تک کہ ڈچز کو بھی کبھی کبھار چھینک آتی تھی

Aber die Handlungen des Babys waren am bemerkenswertesten

لیکن بچے کے اعمال سب سے زیادہ قابل ذکر تھے

Das Baby nieste und heulte abwechselnd

بچہ باری باری سے چھینک رہا تھا اور چیخ رہا تھا

Es gab keinen Augenblick Pause zwischen Heulen und Niesen

چیخنے اور چھینکنے کے درمیان ایک لمحے کا بھی وقفہ نہیں تھا۔

Es gab zwei Kreaturen in der Küche, die nicht niesten

باورچی خانے میں دو جانور تھے جنہیں چھینک نہیں آئی

Die Köchin war zu beschäftigt, um zu niesen

باورچی چھینکنے میں اتنا مصروف تھا

Und die große Katze schien sich nicht an dem Pfeffer zu stören

اور بڑی بلی کو کالی مرچ پر کوئی اعتراض نہیں تھا

Stattdessen grinste die große Katze von einem Ohr zum anderen

اس کے بجائے، بڑی بلی کان سے کان تک مسکرا رہی تھی

»Bitte, würdest du es mir sagen,« sagte Alice ein wenig schüchtern

"براہ مہربانی آپ مجھے بتائیں گے؟" ایلس نے تھوڑا سا ڈرتے ہوئے کہا۔

"Warum grinst deine Katze so?"

"تمہاری بلی اس طرح کیوں ہنس رہی ہے ؟"

»Es ist eine Cheshire-Katze,« sagte die Herzogin

"یہ چیشائر بلی ہے،" ڈچز نے کہا

"Und deshalb grinst er von Ohr zu Ohr"

"اور یہی وجہ ہے کہ وہ کان سے کان تک مسکرا رہا ہے "

"Ich wusste nicht, dass eine Cheshire-Katze immer grinst"

"مجھے نہیں معلوم تھا کہ چیشائر بلی ہمیشہ مسکراتی ہے "

"Eigentlich wusste ich nicht, dass Katzen grinsen können", sagte Alice

ایلس نے کہا، "درحقیقت، میں نہیں جانتی تھی کہ بلیاں مسکرا سکتی ہیں۔

»Es gibt vieles, was Sie nicht wissen,« sagte die Herzogin

ڈچز نے کہا ، "بہت کچھ ہے جو آپ نہیں جانتے ہیں۔

"Es gibt vieles, was man nicht weiß, und das ist eine Tatsache"

"بہت کچھ ہے جو آپ نہیں جانتے ہیں اور یہ ایک حقیقت ہے "

In diesem Augenblick nahm die Köchin den Kessel mit der Suppe vom Feuer

تبھی باورچی نے سوپ کا کیلڈرن آگ سے اتار دیا

Und sogleich fing sie an, alles in ihre Reichweite zu werfen

اور فورا ہی اس نے سب کچھ اپنی دسترس میں ڈالنا شروع کر دیا۔

sie warf alles, was sie konnte, auf die Herzogin und das Baby

اس نے ڈچز اور بچی پر وہ سب کچھ پھینک دیا جو وہ کر سکتی تھی

Zuerst warf sie die Feuereisen

سب سے پہلے اس نے آگ کا لوہا پھینکا

Dann warf sie eine Handvoll Töpfe

پھر اس نے مٹھی بھر چٹنیاں پھینک دیں

und schließlich warf sie die Teller und Schüsseln

اور آخر کار اس نے پلیٹیں اور برتن پھینک دیے

Die Herzogin nahm keine Notiz von ihr

ڈچز نے اس کا کوئی نوٹس نہیں لیا

Selbst als sie von einem Teller getroffen wurde, machte sie
sich keine Sorgen

یہاں تک کہ جب وہ پلیٹ سے ٹکرائی تو بھی اس نے فکر نہیں کی۔

Das Baby heulte schon so viel

بچہ پہلے ہی اتنا چیخ رہا تھا

Es war also unmöglich zu sagen, ob die Schläge das Baby
verletzt haben oder nicht

لہذا یہ کہنا ناممکن تھا کہ آیا وار بچے کو نقصان پہنچاتے ہیں یا نہیں۔

"Oh, gib bitte acht, was du tust!" rief Alice

"اوہ، براہ مہربانی یاد رکھیں کہ آپ کیا کر رہے ہیں!" ایلس نے چیخ
کر کہا۔

und sie sprang in Todesangst des Entsetzens auf und ab

اور وہ خوف کی اذیت میں اوپر نیچے کود پڑی

die Herzogin bot Alice das Baby an

ڈچز نے ایلس کو بچے کی پیش کش کی

»Hier! Du kannst das Kind ein wenig stillen, wenn du
willst!«

"یہاں! اگر آپ چاہیں تو آپ بچے کو تھوڑا سا دودھ پلا سکتے ہیں!"

Und sie schleuderte das Kind nach ihr, während sie sprach

اور بولتے ہوئے اس نے بچے کو اس کی طرف پھینک دیا

"Ich muss gehen und mich darauf vorbereiten, mit der
Königin Krocket zu spielen"

"مجھے جانا چاہئے اور ملکہ کے ساتھ کروکیٹ کھیلنے کے لئے تیار
ہونا چاہئے"

und sie eilte aus dem Zimmer

اور وہ جلدی سے کمرے سے باہر نکل گئی

Alice fing das Baby mit einiger Mühe auf

ایلس نے بچے کو کچھ مشکل سے پکڑ لیا

weil es ein sehr seltsam geformtes kleines Wesen war

کیونکہ یہ ایک بہت ہی عجیب شکل کی چھوٹی مخلوق تھی

Und das Kind streckte seine Arme und Beine nach allen
Richtungen aus

اور بچے نے اپنے ہاتھ اور ٹانگیں چاروں طرف سے پکڑ یں۔

"Das Kind nehme ich lieber mit!" dachte Alice

"بہتر ہے کہ میں اس بچے کو اپنے ساتھ لے جاؤں۔" ایلس نے سوچا۔

"Sie werden dieses Baby sicher in ein oder zwei Tagen töten"

"وہ یقینی طور پر ایک یا دو دن میں اس بچے کو مار دیں گے "

"Wäre es nicht Mord, dieses Baby zurückzulassen?"

"کیا اس بچے کو پیچھے چھوڑ دینا قتل نہیں ہوگا؟"

Sie sprach die letzten Worte laut aus

اس نے آخری الفاظ بلند آواز میں کہے

Und das kleine Ding grunzte als Antwort

اور چھوٹی سی بات جواب میں گونج اٹھی۔

"Du verwandelst dich am besten nicht in ein Schwein, meine Liebe!" sagte Alice

"بہتر ہے کہ تم نہ بن جاؤ، میرے پیارے،" ایلس نے کہا۔

"sonst habe ich nichts mehr mit dir zu tun"

"ورنہ مجھے تم سے زیادہ کچھ لینا دینا نہیں ہوگا۔ "

Alice fing eben an, bei sich selbst zu denken:

ایلس نے ابھی اپنے آپ کو سوچنا شروع کیا تھا:

»Nun, was soll ich mit diesem Geschöpf anfangen, wenn ich es nach Hause bringe?«

"اب، میں اس مخلوق کا کیا کروں، جب میں اسے گھر لاؤں گا؟"

Aber dann grunzte das kleine Geschöpf ein wenig heftig

لیکن پھر چھوٹی سی مخلوق نے تھوڑا زور سے چیخا۔

und Alice sah ihm erschrocken ins Gesicht

اور ایلس نے کچھ خطرے میں اس کے چہرے کو دیکھا۔

Diesmal konnte es keinen Irrtum geben

اس بار اس کے بارے میں کوئی غلطی نہیں ہو سکتی ہے

Es war nicht mehr und nicht weniger als ein Schwein

یہ نہ تو ایک سے زیادہ تھا اور نہ ہی کم

Da setzte sie das kleine Geschöpf ab

تو اس نے چھوٹی مخلوق کو نیچے اتار دیا

und das kleine Geschöpf trabte leise in den Wald hinein

اور چھوٹی سی مخلوق خاموشی سے لکڑی میں گھس گئی

Alice war ziemlich erleichtert, als sie die Kreatur verschwinden sah

ایلس نے اس مخلوق کو جاتے دیکھ کر کافی راحت محسوس کی

Alice erschrak ein wenig, als sie die Cheshire-Katze sah

ایلس چیشائر بلی کو دیکھ کر تھوڑا سا حیران رہ گئی

Er saß auf einem Ast eines Baumes, ein paar Meter entfernt

وہ چند گز کی دوری پر ایک درخت کے کنارے بیٹھا ہوا تھا۔

Die Katze grinste nur, als sie sie sah

بلی اسے دیکھ کر صرف مسکرائی

»Cheshire-Katze,« begann Alice etwas schüchtern

"چیشائر بلی"، ایلس نے ڈرپوک انداز میں شروع کیا۔

»Würden Sie mir bitte sagen, welchen Weg ich von hier aus einschlagen soll?«

"کیا آپ مجھے بتائیں گے کہ مجھے یہاں سے کس طرف جانا چاہیے؟"

"In diese Richtung", sagte die Katze

"اس سمت میں،" بلی نے کہا۔

Und er fuchtelte mit der rechten Pfote herum

اور اس نے دائیں پنجے کو چاروں طرف لہرایا

"In dieser Richtung lebt ein Hutmacher"

"اس سمت میں ٹوپیاں بنانے والا رہتا ہے "

Und dann winkte die Katze mit der anderen Pfote

اور پھر بلی نے اپنا دوسرا پنجہ ہلایا

"Und in dieser Richtung wohnt ein Märzhase"

"اور اس سمت میں ایک مارچ خرگوش رہتا ہے "

»Besuchen Sie, wen Sie wollen; Sie sind beide verrückt"

"یا تو آپ چاہیں ملاحظہ کریں۔ وہ دونوں پاگل ہیں"

»Aber ich will nicht unter Verrückte gehen«, bemerkte Alice

"لیکن میں پاگل لوگوں کے درمیان جانا نہیں چاہتی،" ایلس نے تبصرہ کیا

"Ach, dafür kannst du nicht helfen!" sagte die Katze

"اوہ، تم اس کی مدد نہیں کر سکتے۔" بلی نے کہا۔

"Wir sind alle verrückt hier"

"ہم سب یہاں پاگل ہیں"

"Spielst du heute Krocket mit der Queen?"

"کیا تم آج ملکہ کے ساتھ کھیل رہے ہو؟"

"Das würde ich sehr gerne!" sagte Alice

"میں بہت چاہتا ہوں،" ایلس نے کہا۔

"aber ich bin noch nicht eingeladen worden"

"لیکن مجھے ابھی تک مدعو نہیں کیا گیا ہے "

"Du wirst mich dort sehen!" sagte die Katze

"تم مجھے وہاں دیکھو گے۔" بلی نے کہا۔

Und von einem Augenblick auf den anderen verschwand die Katze

اور ایک لمحے سے دوسرے لمحے تک بلی غائب ہو گئی۔

bald kam Alice in Sichtweite des Hauses des Märzhasen

جلد ہی ایلس نے مارچ خرگوش کے گھر کو دیکھا

Das war ein sehr großes Haus

یہ ایک بہت بڑا گھر تھا

Alice wollte also nicht in die Nähe des Hauses gehen

لہٰذا ایلس گھر کے قریب نہیں جانا چاہتی تھی۔

Zuerst musste sie noch etwas von dem linken Stück Pilz knabbern

سب سے پہلے اسے مشروم کے بائیں طرف کے کچھ اور ٹکڑے کو دبانا پڑا۔

## Eine verrückte Teeparty
ایک پاگل چائے کی پارٹی

**Vor dem Haus stand ein Baum**

گھر کے سامنے ایک درخت تھا

**Und unter dem Baum stand ein Tisch**

اور درخت کے نیچے ایک میز تھی

**und der Tisch war mit allerlei Besteck gedeckt**

اور میز کو ہر طرح کی کٹلری کے ساتھ سیٹ کیا گیا تھا۔

**Der Märzhase und der Hutmacher saßen bei Tisch**

مارچ خرگوش اور ٹوپی بنانے والا میز پر تھے

**und zusammen tranken sie Tee**

اور وہ ایک ساتھ چائے پی رہے تھے

**Ein Siebenschläfer saß zwischen ihnen**

ان کے درمیان ایک ڈورماؤس بیٹھا تھا۔

**und der Siebenschläfer schlief fest**

اور ڈورماؤس گہری نیند میں تھا

**Der Tisch war von außergewöhnlicher Größe**

میز غیر معمولی سائز کی تھی

**Aber der größte Teil des Tisches war unbesetzt**

لیکن میز کا زیادہ تر حصہ خالی تھا

**Sie saßen dicht gedrängt an einer Ecke des Tisches**

وہ میز کے ایک کونے پر ایک ساتھ بیٹھ گئے۔

**und doch entschuldigten sie sich, als sie Alice sahen**

اور پھر بھی جب انہوں نے ایلس کو دیکھا تو عذر پیش کیے۔

**»Kein Platz! Kein Platz!« schrien sie**

"کوئی کمرہ نہیں! کوئی جگہ نہیں!" وہ چیخ پڑے۔

**»Es ist viel Platz!« sagte Alice entrüstet**

"کافی جگہ ہے!" ایلس نے غصے سے کہا۔

**An einem Ende des Tisches stand ein großer Sessel**

میز کے ایک سرے پر ایک بڑی بازو کی کرسی تھی۔

**und Alice setzte sich in den Sessel**

اور ایلس خود کرسی پر بیٹھ گئی

**Der Hutmacher riss die Augen weit auf**

ٹوپی بنانے والے نے اپنی آنکھیں بہت وسیع کھول دیں

**Er konnte nicht glauben, was er da sah**

وہ یقین نہیں کر سکتا تھا کہ وہ کیا دیکھ رہا تھا

aber sein Geist war neugierig auf andere Dinge

لیکن اس کا ذہن دوسری چیزوں کے بارے میں متجسس تھا۔

»Warum ist ein Rabe wie ein Schreibtisch?«

"ایک ریون لکھنے کی میز کی طرح کیوں ہوتا ہے؟"

Alice war offen für die Herausforderung

ایلس چیلنج کے لئے کھلا تھا

"Ich bin froh, dass sie angefangen haben, Rätsel zu stellen"

"مجھے خوشی ہے کہ انہوں نے پہیلیاں پوچھنا شروع کر دی ہیں"

»Ich glaube, das kann ich erraten«, fügte sie laut hinzu

"مجھے یقین ہے کہ میں اس کا اندازہ لگا سکتی ہوں،" اس نے اونچی آواز میں کہا

Der Märzhase wurde neugierig auf Alice

مارچ خرگوش ایلس کے بارے میں متجسس ہو گیا

"Glaubst du wirklich, dass du die Antwort finden kannst?"

"کیا آپ واقعی سوچتے ہیں کہ آپ کو جواب مل سکتا ہے؟"

»Ich glaube, ich kann die Antwort finden,« sagte Alice

"مجھے لگتا ہے کہ مجھے واقعی اس کا جواب مل سکتا ہے،" ایلس نے کہا۔

»Dann sollst du sagen, was du meinst,« fuhr der Märzhase fort

"پھر آپ کو کہنا چاہیے کہ آپ کا کیا مطلب ہے،" مارچ خرگوش آگے بڑھا۔

»Ich sage, was ich meine,« erwiderte Alice hastig

"میں وہی کہتی ہوں جو میرا مطلب ہے۔" ایلس نے عجلت میں جواب دیا۔

"Zumindest meine ich ernst, was ich sage"

"کم از کم میرا مطلب یہ ہے کہ میں کیا کہتا ہوں"

"Das ist dasselbe, weißt du"

"یہ ایک ہی چیز ہے، آپ جانتے ہیں"

Auch der Siebenschläfer trug zu dem Gespräch bei

ڈورماؤس نے بھی گفتگو میں حصہ لیا

Aber der Siebenschläfer schien im Schlaf zu sprechen

لیکن ایسا لگتا تھا کہ ڈورماؤس نیند میں بات کر رہا تھا

"Ich atme, wenn ich schlafe"

"جب میں سوتا ہوں تو سانس لیتا ہوں"

"Ich schlafe, wenn ich atme!"

"جب میں سانس لیتا ہوں تو سوتا ہوں!"

"Man könnte genauso gut sagen, dass sie auch gleich sind"

"آپ یہ بھی کہہ سکتے ہیں کہ وہ بھی ایک جیسے ہیں"

"So ist es auch bei dir!" sagte der Hutmacher

ٹوپی بنانے والے نے کہا، "آپ کے ساتھ بھی ایسا ہی ہے۔

und er goß ein wenig Tee über die Nase des Siebenschläfers

اور اس نے ڈورماؤس کی ناک پر تھوڑی سی چائے ڈال دی۔

Das Murmelthier schüttelte ungeduldig den Kopf

ڈورماؤس نے بے صبری سے اپنا سر ہلایا

Und wieder sprach das Murmelmaus, ohne die Augen zu öffnen

اور ایک بار پھر ڈورماؤس اپنی آنکھیں کھولے بغیر بولا

"Natürlich, natürlich ist es dasselbe"

"یقیناً، یقیناً یہ ایک ہی ہے"

"Das wollte ich ja auch sagen"

"یہ وہی ہے جو میں خود کہنے جا رہا تھا"

Der Hutmacher wandte sich an Alice und stellte eine weitere Frage

ٹوپی بنانے والے نے ایلس کی طرف رخ کیا اور ایک اور سوال پوچھا

"Hast du das Rätsel schon erraten?"

"کیا تم نے ابھی تک اس پہیلی کا اندازہ لگایا ہے؟"

"Nein, ich gebe auf", gab Alice zu

"نہیں، میں ہار مان لیتی ہوں۔" ایلس نے اعتراف کیا۔

"Was ist die Antwort?", wollte sie wissen

"اس کا کیا جواب ہے؟" وہ جاننا چاہتی تھی۔

»Ich habe nicht die geringste Ahnung,« sagte der Hutmacher

ٹوپی بنانے والے نے کہا، "مجھے ذرا سا بھی اندازہ نہیں ہے۔

"Ich weiß es auch nicht!" sagte der Märzhase

"مجھے بھی نہیں معلوم," مارچ کے خرگوش نے کہا۔

Alice stieß einen müden Seufzer aus

ایلس نے تھکی ہوئی آہ بھری

"Es gibt eine bessere Nutzung der Zeit als Rätsel ohne Antworten"

"جوابات کے بغیر پہیلیوں کے مقابلے میں وقت کا بہتر استعمال ہے "

»Trinken Sie noch etwas Tee,« sagte der Märzhase sehr ernst zu Alice

"کچھ اور چائے پی لو،" مارچ کے خرگوش نے بہت خلوص سے ایلس سے کہا۔

Alice war ziemlich beleidigt über das Angebot

ایلس اس پیشکش سے کافی ناراض تھی

»Ich habe noch keinen Tee getrunken,« erwiderte Alice

"میں نے ابھی تک چائے نہیں پی ہے۔" ایلس نے جواب دیا۔

"Deshalb kann ich keinen Tee mehr trinken"

"اس لیے میں مزید چائے نہیں پی سکتا۔

»Du meinst, weniger Tee kannst du nicht haben«, sagte der Hutmacher

"آپ کا مطلب ہے کہ آپ کم چائے نہیں پی سکتے،" ٹوپی بنانے والے نے کہا۔

"Es ist sehr einfach, mehr als nichts zu nehmen"

"کچھ بھی نہیں سے زیادہ لینا بہت آسان ہے "

Bei diesen Worten erhob sich Alice und ging fort

یہ سن کر ایلس اٹھ کر چلی گئی۔

Der Siebenschläfer schlief augenblicklich ein

ڈورماؤس فوری طور پر سو گیا

und keiner der andern nahm die geringste Notiz davon, daß sie ging

اور دوسروں میں سے کسی نے بھی اس کے جانے پر دھیان نہیں دیا۔

obwohl sie ein- oder zweimal zurückblickte

اگرچہ اس نے ایک یا دو بار پیچھے مڑ کر دیکھا

Sie versuchten, den Siebenschläfer in die Teekanne zu stecken

وہ ڈورماؤس کو چائے کے برتن میں ڈالنے کی کوشش کر رہے تھے

"Jedenfalls werde ich nie wieder dorthin gehen!" sagte Alice

"کسی بھی صورت میں، میں دوبارہ کبھی وہاں نہیں جاؤں گی!" ایلس نے کہا.

Und sie ging ihren Weg durch den Wald

اور وہ جنگل میں سے گزرتا چلا گیا

"Das war die dümmste Teeparty, auf der ich je war"

"یہ سب سے احمقانہ چائے کی پارٹی تھی جس میں میں کبھی گیا ہوں"

Gerade als sie das sagte, bemerkte sie etwas

جیسے ہی اس نے یہ کہا، اس نے کچھ محسوس کیا

Einer der Bäume hatte eine Tür, die direkt hineinführte

درختوں میں سے ایک میں ایک دروازہ تھا جو اس کی طرف جاتا تھا۔

»Das ist sehr interessant!« dachte sie

"یہ بہت دلچسپ ہے!" اس نے سوچا!

"Ich denke, ich kann genauso gut durch die Tür gehen"

"مجھے لگتا ہے کہ میں بھی دروازے سے گزر سکتا ہوں"

Und durch die Tür ging sie

اور دروازے سے وہ چلی گئی

Wieder befand sie sich in der langen Halle

ایک بار پھر اس نے خود کو لمبے ہال میں پایا

Wieder stand sie dicht an dem kleinen Glastisch

وہ ایک بار پھر شیشے کی چھوٹی سی میز کے قریب تھی

Sie nahm den kleinen goldenen Schlüssel

اس نے چھوٹی سی سنہری چابی لے لی

und sie schloß die Tür auf, die in den Garten führte

اور اس نے باغ میں داخل ہونے والے دروازے کو کھول دیا۔

Dann machte sie sich daran, an dem Pilz zu knabbern

اس کے بعد وہ مشروم کی دیکھ بھال کرنے کا کام کرنے لگی

Sie hatte ein Stück des Pilzes in ihrer Tasche aufbewahrt

اس نے مشروم کا ایک ٹکڑا اپنی جیب میں رکھا تھا

Und schließlich war sie etwa einen Meter groß

اور آخر میں وہ تقریبا ایک میٹر لمبا تھا

dann ging sie den kleinen Korridor hinunter

پھر وہ چھوٹی سی راہداری سے نیچے چلی گئی۔

Und dann fand sie sich endlich in dem schönen Garten
wieder

اور پھر آخر کار اس نے خود کو خوبصورت باغ میں پایا

Und sie war zwischen den hellen Blumen und den kühlen
Springbrunnen

اور وہ وہ روشن پھولوں اور ٹھنڈے چشموں میں سے تھی

## Der Krocketplatz der Königinnen
ملکہ کی کروکیٹ زمین

Ein großer Rosenstrauch stand in der Nähe des Eingangs des Gartens

باغ کے داخلی دروازے کے قریب ایک بڑا گلاب کا درخت کھڑا تھا

Die Rosen, die an dem Baum wuchsen, waren weiß

درخت پر اگنے والے گلاب سفید تھے

aber es waren drei Gärtner, die die Rose bemalten

لیکن وہاں تین باغبان گلاب کی پینٹنگ کر رہے تھے

Sie waren damit beschäftigt, die Rosen rot zu färben

وہ گلاب وں کو سرخ رنگ رنگ میں رنگ رہے تھے

und Alice sah zu, wie sie die Rosen rot färbten

اور ایلس انہیں گلاب کو سرخ رنگ میں رنگتے ہوئے دیکھ رہی تھی۔

und plötzlich fielen ihre Augen zufällig auf Alice

اور اچانک ان کی نظر ایلس پر پڑنے لگی۔

Alice sprach ein wenig schüchtern

ایلس نے تھوڑا سا ڈرپوک انداز میں کہا

»Würden Sie es mir bitte sagen?«

"کیا آپ مجھے بتائیں گے ، براہ مہربانی۔ "

"Warum malt ihr alle diese Rosen?"

"تم سب ان گلابوں کو کیوں پینٹ کر رہے ہو؟"

Fünf und Sieben sagten nichts, sondern sahen zwei an

پانچ اور سات نے کچھ نہیں کہا، لیکن دو کی طرف دیکھا

zwei Sprecher, mit leiser Stimme

دو نے دھیمی آواز میں بات کی

»Nun, die Sache ist die, sehen Sie, gnädige Frau.«

"کیوں، حقیقت یہ ہے کہ آپ دیکھ رہے ہیں میڈم"

"Das hier hätte ein roter Rosenstrauch sein sollen"

"یہ یہاں ایک سرخ گلاب کا درخت ہونا چاہئے تھا"

"Und wir haben aus Versehen einen weißen Rosenstrauch hineingesetzt"

"اور ہم نے غلطی سے ایک سفید گلاب کا درخت لگا دیا۔

"Wie Sie mir zustimmen würden, darf die Königin es nicht herausfinden"

"جیسا کہ آپ متفق ہیں، ملکہ کو پتہ نہیں ہونا چاہئے "

"Sonst würden wir uns allen die Köpfe abschneiden"

"ورنہ ہم سب کے سر کاٹ دیے جائیں گے "

"Sie sehen also, gnädige Frau, wir tun unser Bestes"

تو آپ دیکھیں میڈم، ہم اپنی پوری کوشش کر رہے ہیں۔

Karte fünf hatte ängstlich über den Garten geschaut

کارڈ فائیو بے چینی سے باغ کی طرف دیکھ رہا تھا

In diesem Augenblick rief die fünfte Karte: "Die Königin!
Die Königin!"

اس وقت کارڈ فائیو نے پکارا، "ملکہ! ملکہ!"

und die drei Gärtner eilten augenblicklich davon

اور تینوں باغبان فوری طور پر وہاں سے چلے گئے۔

und sie warfen sich flach auf ihre Gesichter

اور انہوں نے اپنے آپ کو اپنے چہروں پر لٹکا دیا

Man hörte das Geräusch vieler Schritte

بہت سے قدموں کی آواز آئی

Alice sah sich um, begierig darauf, die Königin zu sehen

ایلس نے چاروں طرف دیکھا، ملکہ کو دیکھنے کے لئے بے تاب

Am Anfang des Zuges standen zehn Soldaten

جلوس کے آغاز میں دس سپاہی موجود تھے۔

Ihre Hände und Füße waren in den Ecken

ان کے ہاتھ اور پاؤں کونوں میں تھے

und in ihren Händen und Füßen waren Keulen

اور ان کے ہاتھوں اور پیروں میں کلب تھے

Als nächstes kamen die zehn Höflinge

اس کے بعد دس درباری آئے۔

die Höflinge waren über und über mit Diamanten
geschmückt

درباریوں کو ہر طرف ہیروں سے سجایا گیا تھا۔

Nach den Höflingen kamen die königlichen Kinder

درباریوں کے آنے کے بعد شاہی بچے آئے۔

Es waren zehn der königlichen Kinder

شاہی بچوں میں سے دس تھے

und alle königlichen Kinder waren mit Herzen geschmückt

اور تمام شاہی بچے دلوں سے زینت بنے ہوئے تھے۔

Dann kamen die Gäste; Meist Könige und Königinnen

اس کے بعد مہمان آئے۔ زیادہ تر بادشاہ اور ملکہ

und unter den Königen und Königinnen sah Alice jemanden

اور بادشاہوں اور ملکہ ایلس میں سے کسی کو دیکھا

Sie sah wieder das weiße Kaninchen, das sie gejagt hatte

اس نے ایک بار پھر اس سفید خرگوش کو دیکھا جس کا اس نے تعاقب کیا تھا

**Der Prozession folgte der Spitzbube der Herzen**

جلوس کے بعد دلوں کی چادر چڑھائی گئی۔

**Er trug die Krone des Königs**

وہ بادشاہ کا تاج اٹھائے ہوئے تھا

**und die Krone des Königs lag auf einem purpurnen Samtkissen**

اور بادشاہ کا تاج سرخ رنگ کے مخمل کی تختی پر تھا۔

**Und dann kam das Ende dieser großen Prozession**

اور پھر اس عظیم الشان جلوس کا اختتام ہوا۔

**Und da waren am Ende der König und die Königin der Herzen**

اور آخر میں دلوں کا بادشاہ اور ملکہ تھا

**der Zug kam Alice gegenüber**

جلوس ایلس کے سامنے آیا

**Und alle blieben stehen und sahen sie an**

اور وہ سب رک گئے اور اس کی طرف دیکھنے لگے

**Und die Königin sprach streng: "Wer ist das?"**

اور ملکہ نے سخت لہجے میں کہا، "یہ کون ہے؟"

**Sie sagte es zum Herzknaben**

اس نے یہ بات دلوں کے کنوے سے کہی

**aber er verbeugte sich nur und lächelte als Antwort**

لیکن وہ صرف جھک گیا اور جواب میں مسکرایا۔

**Alice sprach sehr höflich**

ایلس نے بہت شائستگی سے بات کی

**"Mein Name ist Alice, also bitte, Eure Majestät"**

"میرا نام ایلس ہے، تو مہربانی کر کے اپنی عظمت۔"

**Aber sie hatte andere Gedanken für sich**

لیکن اس کے اپنے بارے میں کچھ اور ہی خیالات تھے

**"Es ist doch nur ein Kartenspiel!"**

"وہ صرف تاش کا ایک پیکٹ ہیں، آخر کار!"

**»Kannst du Krocket spielen?« rief die Königin**

"کیا تم کروکیٹ کھیل سکتے ہو؟" ملکہ نے چیخ کر کہا۔

**Die Frage war offenbar an Alice gerichtet**

یہ سوال واضح طور پر ایلس کے لئے تھا

"Ja!" sagte Alice laut

"ہاں!" ایلس نے اونچی آواز میں کہا۔

"Komm also spielen!" brüllte die Königin

"چلو پھر کھیلو!" ملکہ نے گڑگڑا کر کہا۔

sprach eine schüchterne Stimme zu Alice

ایک ڈرپوک آواز ایلس سے بولی

"Es ist ein sehr schöner Tag!"

"یہ بہت اچھا دن ہے!"

Sie ging an dem weißen Kaninchen vorbei

وہ سفید خرگوش کے پاس چل رہی تھی

und das weiße Kaninchen guckte ihr ängstlich ins Gesicht

اور سفید خرگوش بے چینی سے اس کے چہرے میں جھانک رہا تھا

»ein sehr schöner Tag,« bestätigte Alice

"واقعی ایک بہت اچھا دن ہے،" ایلس نے تصدیق کی۔

»Wo ist die Herzogin?«

"شہزادی کہاں ہے؟"

»Still! Still!" sagte das Kaninchen

"ہاں!" "ہوش!" خرگوش نے کہا۔

"Sie ist zum Tode verurteilt"

"وہ پھانسی کی سزا کے تحت ہے"

»Wofür wird sie hingerichtet?« fragte Alice

"اسے کس وجہ سے پھانسی دی جا رہی ہے؟" ایلس نے پوچھا۔

"Sie hat der Königin die Ohren abgewetzt", begann das Kaninchen

"اس نے ملکہ کے کانوں کو چوم لیا،" خرگوش نے شروع کیا۔

schrie die Königin mit Donnerstimme

ملکہ گرج کی آواز میں چیخی

"Ran an eure Plätze!"

"اپنی جگہوں پر چلو!"

Und die Leute rannten in alle Richtungen herum

اور لوگ چاروں طرف دوڑنے لگے۔

Und sie fielen alle aneinander

اور وہ سب ایک دوسرے کے خلاف اٹھ کھڑے ہوئے۔

Sie hatten sich jedoch in ein oder zwei Minuten beruhigt

تاہم، وہ ایک یا دو منٹ میں ٹھیک ہو گئے۔

Und dann begann das Spiel

اور پھر کھیل شروع ہوا

Alice hatte noch nie einen so merkwürdigen Krocketplatz gesehen

ایلس نے اس طرح کی عجیب و غریب زمین کبھی نہیں دیکھی تھی

Das Gras bestand nur aus Graten und Furchen

گھاس تمام لکیریں اور خندقیں تھیں۔

Die Krocketbälle waren echte Igel

کروکیٹ گیندیں حقیقی ہیج ہوگ تھیں

und die Schlägel waren echte Flamingos

اور میلیٹس حقیقی فلیمنگو تھے

und die Soldaten standen auf Händen und Füßen

اور سپاہی اپنے ہاتھوں اور پیروں پر کھڑے ہو گئے۔

weil die Bögen aus ihren Körpern gemacht wurden

کیونکہ محرابیں ان کے جسم وں سے بنائی گئی تھیں۔

Die Spieler spielten alle gleichzeitig

تمام کھلاڑی ایک ساتھ کھیلتے ہیں

Niemand wartete, bis er an der Reihe war

کسی نے اپنی باری کا انتظار نہیں کیا

und jeder stritt sich mit jedem

اور سب نے سب سے جھگڑا کیا

und alle kämpften für die Igel

اور سب ہیج ہوگوں کے لئے لڑ رہے تھے

Bald geriet die Königin in eine wütende Leidenschaft

جلد ہی ملکہ ایک غصے میں تھی

Und sie fing an, herumzustampfen und zu schreien

اور اس نے چاروں طرف مہر لگانا اور چیخنا شروع کر دیا۔

»Hacken Sie ihm den Kopf ab!«

"اس کا سر کاٹ دو!"

"Hack ihr den Kopf ab!"

"اس کا سر کاٹ دو!"

"Hackt ihnen alle Köpfe ab!"

"ان کے تمام سر کاٹ دو!"

Wieder dachte Alice bei sich.

ایلس نے ایک بار پھر اپنے آپ کو سوچا

"Sie lieben es schrecklich, hier Menschen zu enthaupten"

"انہیں یہاں لوگوں کا سر قلم کرنے کا بہت شوق ہے"

"Das große Wunder ist, dass überhaupt noch jemand am
Leben ist!"

"سب سے بڑی حیرت کی بات یہ ہے کہ کوئی زندہ بچا ہے!"

Sie sah sich nach einem Ausweg um

وہ فرار کا کوئی راستہ تلاش کر رہی تھی

Sie bemerkte eine merkwürdige Erscheinung in der Luft

اس نے ہوا میں ایک عجیب و غریب شکل دیکھی

»Es ist die Cheshire-Katze,« sagte sie zu sich selbst

"یہ چیشائر بلی ہے،" اس نے خود سے کہا

"Jetzt habe ich jemanden, mit dem ich reden kann"

"اب میرے پاس بات کرنے کے لیے کوئی ہو گا"

"Wie geht es dir?" fragte die Katze

"تم کیسے چل رہے ہو؟" بلی نے کہا۔

»Ich glaube nicht, daß sie ganz und gar fair spielen«, sagte
Alice

"مجھے نہیں لگتا کہ وہ بالکل منصفانہ کھیلتے ہیں،" ایلس نے کہا.

Und sie hatte einen ziemlich klagenden Ton

اور اس کے پاس شکایت کرنے والا لہجہ تھا

"Sie streiten sich alle so fürchterlich"

"وہ سب بہت خوفناک جھگڑے کرتے ہیں"

"Man hört sich selbst nicht sprechen"

"کوئی اپنے آپ کو بولتے ہوئے نہیں سن سکتا"

"Und sie scheinen sich nicht an irgendwelche Regeln zu
halten"

"اور ایسا لگتا ہے کہ وہ کسی بھی اصول کے مطابق نہیں کھیلتے ہیں"

die Katze stellte Alice mit leiser Stimme eine Frage

بلی نے ایلس سے دھیمی آواز میں ایک سوال پوچھا

"Wie gefällt dir die Königin?"

"تمہیں ملکہ کیسی لگتی ہے؟"

»Ich mag sie gar nicht,« sagte Alice

"میں اسے بالکل پسند نہیں کرتی۔" ایلس نے کہا۔

Alice dachte, sie könnte genauso gut zurückgehen

ایلس نے سوچا کہ وہ بھی واپس جا سکتی ہے

Sie wollte sehen, wie das Spiel läuft

وہ دیکھنا چاہتا تھا کہ کھیل کیسے چل رہا ہے

Sie machte sich auf die Suche nach ihrem Igel

وہ اپنے ہیج ہوگ کی تلاش میں نکل گئی

Der Igel war damit beschäftigt, gegen einen anderen Igel zu kämpfen

ہیج ہوگ ایک اور ہیج ہوگ سے لڑنے میں مصروف تھا

Das war eine ausgezeichnete Gelegenheit

یہ ایک بہترین موقع تھا

Sie konnte einen Igel mit dem anderen krocketen

وہ ایک ہیج ہوگ کو دوسرے کے ساتھ جوڑ سکتی تھی۔

Aber ihr Flamingo war auf der anderen Seite des Gartens

لیکن اس کا فلیمنگو باغ کے دوسری طرف تھا۔

Der Flamingo war ziemlich tollpatschig

فلیمنگو بالکل بے حس تھا

Ihr Flamingo versuchte, gegen einen Baum zu fliegen

اس کا فلیمنگو ایک درخت میں اڑنے کی کوشش کر رہا تھا

Sie packte den Flamingo am Bein

اس نے فلیمنگو کو ٹانگ سے پکڑ لیا

Und sie schob sich den Flamingo unter den Arm

اور اس نے فلیمنگو کو اپنے بازو کے نیچے چھپا لیا۔

So konnte der Flamingo nicht mehr entkommen

اس طرح فلیمنگو دوبارہ فرار نہیں ہو سکا

In diesem Augenblick traf Alice zufällig die Herzogin

تبھی ایلس کی ملاقات ڈچز سے ہوئی۔

Die Herzogin war nun aus dem Gefängnis entlassen worden

ڈچز اب جیل سے باہر تھی

Sie schob ihren Arm liebevoll unter Alices Arm

اس نے پیار سے اپنا بازو ایلس کے بازو کے نیچے رکھا

Und dann gingen sie zusammen fort

اور پھر وہ ایک ساتھ چلے گئے

Alice war sehr froh, sie in so angenehmer Laune zu finden

ایلس اسے اتنے خوشگوار مزاج میں پا کر بہت خوش ہوئی۔

Sie erschrak jedoch ein wenig

تاہم، وہ تھوڑا سا حیران تھا

Sie hörte die Stimme der Herzogin dicht an ihrem Ohr

اس نے اپنے کان کے قریب ڈچز کی آواز سنی

"Du denkst über etwas nach, meine Liebe"

"تم کسی چیز کے بارے میں سوچ رہے ہو بیٹا۔ "

"Und das lässt dich das Reden vergessen"

"اور اس سے آپ بات کرنا بھول جاتے ہیں"

»Das Spiel geht jetzt etwas besser«, sagte Alice

ایلس نے کہا، "کھیل اب بہتر ہو رہا ہے.

Es war eine Möglichkeit, das Gespräch am Laufen zu halten

یہ بات چیت کو جاری رکھنے کا ایک طریقہ تھا

»So ist es,« sagte die Herzogin

"واقعی ایسا ہی ہے،" ڈچز نے کہا

"Und die Moral davon ist folgende."

"اور اس کا اخلاقی پہلو یہ ہے: "

"Es ist die Liebe, die alles macht!"

"یہ محبت ہے جو یہ سب کرتی ہے!"

"Liebe ist das, was die Welt bewegt"

"محبت وہ چیز ہے جو دنیا کو گھومنے پر مجبور کرتی ہے"

Alice hatte eine andere Erklärung

ایلس کے پاس ایک اور وضاحت تھی

"Das macht jeder, der sich um seine eigenen

Angelegenheiten kümmert!"

"یہ ہر ایک کے ذریعہ کیا جاتا ہے جو اپنے کاروبار کو ذہن میں رکھتا ہے!"

»Ah, gut! Du könntest Recht haben"

"اوہ، ٹھیک ہے! آپ صحیح ہو سکتے ہیں"

»Es bedeutet alles ziemlich dasselbe,« sagte die Herzogin

ڈچز نے کہا، "یہ سب ایک ہی چیز کا مطلب ہے.

und sie grub ihr spitzes kleines Kinn in Alices Schulter

اور اس نے ایلس کے کندھے میں اپنی تیز چھوٹی ٹھوڑی کھود دی۔

"Und die Moral davon ist folgende"

"اور اس کا اخلاقی پہلو یہ ہے"

"Kümmere dich um die Sinne"

"حس کا خیال رکھو"

"Und dann erledigen sich die Klänge von selbst"

"اور پھر آوازیں خود کا خیال رکھیں گی"

Aber dann fing der Arm der Herzogin an zu zittern

لیکن پھر ڈچز کا بازو کانپنے لگا

Alice blickte auf und da stand die Königin

ایلس نے اوپر دیکھا اور وہاں ملکہ کھڑی تھی۔

Die Königin hatte die Arme verschränkt

ملکہ نے اپنے ہاتھ جوڑ رکھے تھے

Und sie runzelte die Stirn wie ein Gewitter!

اور وہ گرج چمک کی طرح جھوم رہی تھی!

»Ich warne dich!« schrie die Königin

"میں تمہیں مناسب وارننگ دیتی ہوں۔" ملکہ نے چیخ کر کہا۔

Und sie stampfte auf den Boden, während sie sprach

اور بولتے ہوئے وہ زمین پر لیٹ گئی

"Entweder dein Kopf oder ihr Kopf muss ausgeschaltet sein"

"یا تو آپ کا سر یا اس کا سر بند ہونا چاہئے"

"Treffen Sie Ihre Wahl!"

"اپنا انتخاب کرو!"

"Und beeilen Sie sich"

"اور اس کے بارے میں جلدی کرو"

Die Herzogin traf ihre Wahl

ڈچز نے اپنا انتخاب کیا

und in einem Augenblick war die Herzogin verschwunden

اور ایک لمحے کے اندر ہی ڈچز چلی گئی۔

Da sprach die Königin zu Alice

پھر ملکہ نے ایلس سے بات کی

"Weiter geht's mit dem Spiel"

"چلو کھیل کے ساتھ چلتے ہیں"

Alice war zu erschrocken, um ein Wort zu sagen

ایلس ایک لفظ بھی کہنے سے ڈر گئی تھی

und langsam folgte sie ihrem Rücken zum Krocketplatz

اور وہ آہستہ آہستہ اپنی پیٹھ کا پیچھا کرتے ہوئے کروکیٹ زمین کی طرف چلی گئی۔

Die ganze Zeit stritt sich die Dame mit den anderen Spielern

پورے وقت ملکہ دوسرے کھلاڑیوں کے ساتھ جھگڑتی رہی۔

»Hacken Sie ihm den Kopf ab!«

"اس کا سر کاٹ دو!"

"Hack ihr den Kopf ab!"

"اس کا سر کاٹ دو!"

"Hackt ihnen alle Köpfe ab!"

"ان کے تمام سر کاٹ دو!"

Bald waren alle Spieler in Gewahrsam

جلد ہی تمام کھلاڑیوں کو حراست میں لے لیا گیا۔

nur der König, die Königin und Alice blieben zurück

صرف بادشاہ، ملکہ اور ایلس باقی رہ گئے

Da ging die Königin, ganz außer Atem

پھر ملکہ چلی گئی، سانس نہیں لے پا رہی تھی

und sie ging mit Alice fort

اور وہ ایلس کے ساتھ چلی گئی

Alice hörte, wie der König leise etwas sagte

ایلس نے بادشاہ کو خاموشی سے کچھ کہتے سنا

"Ihr seid alle begnadigt"

"تم سب معاف کر دیے گئے ہو"

aber plötzlich hörte man einen neuen Schrei

لیکن اچانک ایک اور رونے کی آواز سنائی دی۔

"Der Prozess beginnt!"

"مقدمہ شروع ہو رہا ہے!"

und Alice lief mit den andern

اور ایلس دوسروں کے ساتھ بھاگی

**Wer hat die Torten gestohlen?**

ٹارٹس کس نے چوری کیے؟

**Der Herzkönig und die Herzkönigin saßen**

دلوں کے بادشاہ اور ملکہ بیٹھے ہوئے تھے

**sie saßen auf ihrem Thron, als Alice ankam**

جب ایلس پہنچی تو وہ اپنے تخت پر تھے

**Eine große Menschenmenge war um sie herum versammelt**

ان کے ارد گرد ایک بہت بڑا ہجوم جمع تھا۔

**Es gab allerlei kleine Vögel und Bestien**

وہاں ہر قسم کے چھوٹے پرندے اور جانور تھے

**Und da war das ganze Kartenspiel**

اور کارڈوں کا پورا پیکٹ تھا

**Der Spitzbube stand in Ketten vor ihnen**

کنوی ان کے سامنے زنجیروں میں جکڑا ہوا کھڑا تھا۔

**und auf jeder Seite war ein Soldat, der ihn bewachte**

اور اس کی حفاظت کے لئے ہر طرف ایک سپاہی تھا۔

**in der Nähe des Königs war das weiße Kaninchen**

بادشاہ کے قریب سفید خرگوش تھا

**Er hatte eine Trompete in der einen Hand**

اس کے ایک ہاتھ میں ٹرمپٹ تھا

**Und in der andern Hand hielt er eine Pergamentrolle**

اور اس کے دوسرے ہاتھ میں کاغذ کا ایک صندوق تھا۔

**In der Mitte des Platzes stand ein Tisch**

عدالت کے بالکل وسط میں ایک میز تھی۔

**Auf dem Tisch stand eine große Schüssel mit Torten**

میز پر ٹارٹس کی ایک بڑی ڈش تھی۔

**"Ich wünschte, sie würden den Prozess zu Ende bringen",
dachte Alice**

"کاش وہ ٹرائل کروا لیتے،" ایلس نے سوچا۔

**"Dann könnten wir etwas von diesen Erfrischungen essen!"**

"پھر ہم ان میں سے کچھ ریفریشمنٹ کھا سکتے ہیں!"

Der Richter war übrigens der König

جج، ویسے، بادشاہ تھا

und er trug seine Krone über seiner großen Perücke

اور اس نے اپنا تاج اپنی عظیم وگ پر پہنا

»Das ist die Loge der Geschworenen!« dachte Alice

"یہ جیوری باکس ہے،" ایلس نے سوچا۔

"Und diese zwölf Geschöpfe, ich nehme an, sie sind die Geschworenen"

"اور وہ بارہ مخلوقات، میرا خیال ہے کہ وہ جج ہیں۔"

einige waren Tiere, andere waren Vögel

ان میں سے کچھ جانور تھے اور کچھ پرندے تھے۔

In diesem Augenblick schrie das weiße Kaninchen auf

تبھی سفید خرگوش چیخ اٹھا

"Schweigen im Gericht!"

"عدالت میں خاموشی!"

»Herold, lesen Sie die Anklage!« sagte der König

"ہیرالڈ، الزام پڑھو!" بادشاہ نے کہا۔

Das weiße Kaninchen blies drei Stöße auf die Trompete

سفید خرگوش نے ٹرمپٹ پر تین دھماکے کیے

dann entrollte er die Pergamentrolle

پھر اس نے پارچمنٹ سکرول کو اتار دیا

Und er las folgendes:

اور اس نے اس طرح پڑھا:

"Die Königin der Herzen, sie hat ein paar Torten gebacken."

"دلوں کی ملکہ، اس نے کچھ ٹارٹ بنائے تھے۔"

"All das tat sie an einem Sommertag"

"یہ سب اس نے گرمیوں کے دن کیا تھا۔

"Der Schurke der Herzen, er hat diese Torten gestohlen"

"دلوں کا جال، اس نے ان تاروں کو چرا لیا"

"Und er hat diese Torten weit weg gebracht!"

"اور وہ ان ٹارٹس کو بہت دور لے گیا!"

»Rufen Sie den ersten Zeugen,« sagte der König

"پہلے گواہ کو بلاؤ۔" بادشاہ نے کہا۔

und das weiße Kaninchen blies drei Stöße auf die Trompete

اور سفید خرگوش نے ٹرمپٹ پر تین دھماکے کیے۔

»Bringt den ersten Zeugen!« rief er

"پہلے گواہ کو لے آؤ!" اس نے پکارا۔

Der erste Zeuge war der Hutmacher

پہلا گواہ ٹوپی بنانے والا تھا

Er kam mit einer Teetasse in der einen Hand herein

وہ ایک ہاتھ میں چائے کا کپ لے کر آیا

Und in der anderen Hand hatte er ein Stück Brot und Butter

اور اس کے دوسرے ہاتھ میں روٹی اور مکھن کا ایک ٹکڑا تھا۔

»Du hättest fertig sein sollen,« sagte der König

"تمہیں اپنی بات ختم کرنی چاہیے تھی۔" بادشاہ نے کہا۔

"Wann hast du angefangen?"

"تم نے کب شروع کیا؟"

Der Hutmacher schaute sich den Märzhasen an

ٹوپی بنانے والے نے مارچ خرگوش کو دیکھا

Der Märzhase war ihm in den Hof gefolgt

مارچ خرگوش اس کے پیچھے دربار میں داخل ہوا تھا۔

Er war Arm in Arm mit dem Siebenschläfer gegangen

وہ ڈورماؤس کے ساتھ بازو میں چل رہا تھا

»Ich glaube, es war der vierzehnte März«, sagte er

"چودہ مارچ، میرے خیال میں یہ تھا،" انہوں نے کہا۔

»Geben Sie Ihre Aussage,« sagte der König

"اپنی گواہی دو۔" بادشاہ نے کہا۔

"Und sei nicht nervös, sonst lasse ich dich auf der Stelle hinrichten"

"اور گھبرائیں نہیں، ورنہ میں آپ کو موقع پر ہی پھانسی دے دوں گا"

Das schien den Zeugen überhaupt nicht zu ermutigen

ایسا لگتا ہے کہ اس سے گواہ کی بالکل حوصلہ افزائی نہیں ہوئی۔

Er rutschte immer wieder von einem Fuß auf den anderen

وہ ایک پاؤں سے دوسرے پاؤں کی طرف منتقل ہوتا رہا۔

und er sah die Königin unruhig an

اور وہ بے چینی سے ملکہ کی طرف دیکھ رہا تھا

und in seiner Verwirrung biß er ein großes Stück aus seiner Teetasse

اور، اپنی الجھن میں، اس نے اپنے چائے کے کپ سے ایک بڑا ٹکڑا کاٹ لیا

Eigentlich wollte er von seinem Brot und seiner Butter beißen

واقعی وہ اپنی روٹی اور مکھن سے کاٹنا چاہتا تھا

In diesem Augenblick fühlte Alice eine sehr merkwürdige Empfindung

بس اسی لمحے ایلس کو ایک بہت ہی عجیب احساس محسوس ہوا۔

Sie fing an, wieder größer zu werden

وہ ایک بار پھر بڑا ہونا شروع ہو گیا تھا

Der unglückliche Hutmacher ließ seine Teetasse fallen

بدبخت ٹوپی بنانے والے نے اپنا چائے کا کپ گرا دیا

und das Brot und die Butter fielen zu Boden

اور روٹی اور مکھن زمین پر گر گئے

und er fiel auf die Knie

اور وہ ایک گھٹنے پر گر گیا

»Ich bin ein armer Mann, Eure Majestät,« begann er

"میں ایک غریب آدمی ہوں، عزت مآب۔" اس نے شروع کیا۔

»Du bist ein sehr schlechter Redner,« sagte der König

"تم بہت غریب مقرر ہو۔" بادشاہ نے کہا۔

»Du darfst gehen,« sagte der König

"تم جا سکتے ہو۔" بادشاہ نے کہا۔

und der Hutmacher verließ eilig den Hof

اور ٹوپی بنانے والا جلدی سے عدالت سے چلا گیا۔

»Rufen Sie den nächsten Zeugen her!« sagte der König

"اگلے گواہ کو بلاؤ!" بادشاہ نے کہا۔

Der nächste Zeuge war die Köchin der Herzogin

اگلا گواہ ڈچز کا باورچی تھا۔

Sie trug die Pfefferdose in der Hand

اس نے کالی مرچ کا ڈبہ اپنے ہاتھ میں اٹھا رکھا تھا

Und die Leute in der Nähe der Tür fingen auf einmal an zu niesen

اور دروازے کے قریب موجود لوگ ایک ہی وقت میں چھینکنے لگے۔

»Geben Sie Ihre Aussage,« sagte der König

"اپنی گواہی دو۔" بادشاہ نے کہا۔

»Ich will nichts beweisen,« sagte die Köchin

"میں کوئی ثبوت نہیں دوں گا،" باورچی نے کہا۔

Der König sah das weiße Kaninchen ängstlich an

بادشاہ نے بے چینی سے سفید خرگوش کی طرف دیکھا

Und das weiße Kaninchen sprach mit leiser Stimme

اور سفید خرگوش خاموش آواز میں بولا

"Eure Majestät müssen diesen Zeugen ins Kreuzverhör nehmen"

"آپ کی عظمت کو اس گواہ سے جرح کرنی چاہئے"

»Nun, wenn ich muß, so muß ich,« sagte der König

"ٹھیک ہے، اگر مجھے ضرورت ہو تو، مجھے ضرور کرنا چاہئے،" بادشاہ نے کہا۔

"Woraus bestehen Torten?"

"ٹارٹس کس چیز سے بنے ہوتے ہیں؟"

»Torten werden meistens aus Pfeffer gemacht«, sagte die Köchin

باورچی نے کہا، "ٹارٹ زیادہ تر کالی مرچ سے بنے ہوتے ہیں۔

Einige Minuten lang war der ganze Hof in Verwirrung

کچھ منٹوں کے لئے پوری عدالت الجھن میں تھی۔

Schließlich ließen sie sich alle wieder nieder

آخر کار وہ سب دوبارہ آباد ہو گئے

Aber da war die Köchin schon verschwunden

لیکن تب تک باورچی غائب ہو چکا تھا۔

»Macht nichts!« sagte der König

"کوئی بات نہیں!" بادشاہ نے کہا۔

"Rufen Sie den nächsten Zeugen in den Zeugenstand"

"اگلے گواہ کو اسٹینڈ پر بلاؤ"

**Alice beobachtete das weiße Kaninchen, wie es an der Liste herumfummelte**

ایلس نے سفید خرگوش کو دیکھا جب وہ فہرست کے بارے میں پریشان تھا

**Sie können sich vorstellen, wie überrascht sie war, als sie das hörte, was sie als nächstes hörte**

آپ اس کی حیرت کا تصور کر سکتے ہیں کہ اس نے آگے کیا سنا

**Mit lauter schriller kleiner Stimme rief er den Namen »Alice!«**

اپنی چھوٹی سی آواز کے سب سے اوپر، اس نے "ایلس" کا نام پکارا!

# Alices Beweise
ایلس کا ثبوت

»Hier!« rief Alice

"یہاں!" ایلس نے چیخ کر کہا۔

Sie sprang in großer Eile auf

وہ بڑی جلدی میں چھلانگ لگا دی

und sie kippte die Geschworenenloge um

اور اس نے جیوری باکس کے اوپر ٹیپ کیا۔

und sie warf alle Geschworenen um

اور اس نے تمام جیوری مینوں پر دستک دی۔

und sie fielen auf die Köpfe der Menge unten

اور وہ نیچے بھیڑ کے سروں پر گر پڑے۔

Alice war in großer Bestürzung

ایلس بڑی مایوسی میں تھی

»Oh, ich bitte um Verzeihung!« rief sie aus

"اوہ، میں آپ سے معافی مانگتی ہوں!" اس نے کہا۔

»Der Prozeß kann nicht fortgesetzt werden,« sagte der König

بادشاہ نے کہا، "مقدمہ آگے نہیں بڑھ سکتا۔

"Die Geschworenen müssen wieder an ihre angestammten Plätze zurückkehren"

"جیوری کے ارکان کو اپنی مناسب جگہوں پر واپس جانا چاہئے"

Er wiederholte den Befehl mit großem Nachdruck

انہوں نے بڑے زور سے حکم دہرایا۔

und er sah Alice streng an

اور اس نے ایلس کو سختی سے دیکھا

"Was weißt du über diese Ereignisse?" fragte der König Alice

"تم ان واقعات کے بارے میں کیا جانتے ہو؟" بادشاہ نے ایلس سے پوچھا۔

»Ich weiß nichts von der Sache,« sagte Alice

"میں اس موضوع پر کچھ نہیں جانتی،" ایلس نے کہا۔

Dann las der König aus seinem Buch vor

اس کے بعد بادشاہ نے اپنی کتاب سے پڑھا

"Regel zweiundvierzig"

"قاعدہ بیالیس"

"Alle Personen, die mehr als eine Meile hoch sind, sollen das Gericht verlassen"

'ایک میل سے زیادہ بلندی پر موجود تمام افراد کو عدالت کو چھوڑنی
ہوگی'

**»Ich bin keine Meile hoch,« sagte Alice**

"میں ایک میل بھی اونچی نہیں ہوں،" ایلس نے کہا۔

**»Fast zwei Meilen hoch,« sagte die Königin**

"تقریبا دو میل اونچا،" ملکہ نے کہا

**»Nun, ich weigere mich zu gehen,« sagte Alice**

"ٹھیک ہے، میں جانے سے انکار کرتی ہوں،" ایلس نے کہا۔

**Der König erbleichte**

بادشاہ پیلا پڑ گیا

**und er schloß hastig sein Notizbuch**

اور اس نے جلدی سے اپنی نوٹ بک بند کر دی

**»Überlegen Sie sich Ihr Urteil«, sagte er zu den
Geschworenen**

انہوں نے جیوری سے کہا کہ اپنے فیصلے پر غور کریں۔

**Er sprach mit leiser, zitternder Stimme**

وہ دھیمی، کانپتی ہوئی آواز میں بولا

**Da sprach das weiße Kaninchen**

پھر سفید خرگوش بولا

"Es werden noch mehr Beweise kommen"

"ابھی مزید ثبوت آنا باقی ہیں"

und er sprang in großer Eile auf

اور وہ بڑی جلدی میں کود پڑا

"Dieses Papier wurde gerade abgeholt"

"یہ کاغذ ابھی اٹھایا گیا ہے"

"Es scheint ein Brief des Gefangenen zu sein"

"ایسا لگتا ہے کہ یہ قیدی کا لکھا ہوا خط ہے"

Er faltete das Papier auseinander, während er sprach

اس نے بولتے ہوئے کاغذ کھول دیا

"Es ist doch kein Brief"

"یہ ایک خط نہیں ہے، آخر کار"

"Was es war, war eine Reihe von Versen"

"یہ آیات کا ایک مجموعہ تھا"

»Bitte, Eure Majestät,« sagte der Spitzbube

"براہ مہربانی، عزت مآب۔" کنوے نے کہا۔

"Ich habe diese Verse nicht geschrieben"

"میں نے یہ آیات نہیں لکھی ہیں"

"und sie können nicht beweisen, dass ich etwas geschrieben habe"

"اور وہ یہ ثابت نہیں کر سکتے کہ میں نے کچھ لکھا ہے"

"Am Ende ist kein Name unterschrieben"

"آخر میں کوئی نام دستخط نہیں کیا گیا ہے"

Der König sprach mit dem Spitzbuben

بادشاہ نے کنوے سے بات کی

"Du musst vorgehabt haben, Unheil anzurichten"

"تم کچھ فساد پھیلانا چاہتے ہو گے"

"Sonst hättest du wie ein ehrlicher Mann unterschrieben"

"ورنہ آپ ایک ایماندار آدمی کی طرح اپنے نام پر دستخط کرتے"

Es gab ein allgemeines Händeklatschen

ہاتھوں کی ایک عام تالیاں بج رہی تھیں

Und der König wandte sich an das weiße Kaninchen

اور بادشاہ سفید خرگوش کی طرف مڑ گیا

»Lest die Verse!« befahl er.

"آیات پڑھو"، اس نے حکم دیا۔

Es herrschte Totenstille im Gerichtssaal

عدالت میں مردہ خاموشی چھا گئی

und das weiße Kaninchen las die Verse vor

اور سفید خرگوش نے آیات پڑھ کر سنائیں

Sie sagten mir, du wärst bei ihr gewesen

انہوں نے مجھے بتایا کہ تم اس کے پاس گئے تھے

Und sie erwähnten mich ihm gegenüber

اور انہوں نے اس سے میرا ذکر کیا

Sie gab mir einen guten Charakter

اس نے مجھے ایک اچھا کردار دیا

Aber sie sagte, ich könne nicht schwimmen

لیکن اس نے کہا کہ میں تیر نہیں سکتا

Er ließ ihnen wissen, dass ich nicht gegangen sei

اس نے انہیں پیغام بھیجا کہ میں نہیں گیا تھا

Wir wissen, dass es wahr ist

ہم جانتے ہیں کہ یہ سچ ہے

Wenn sie die Sache vorantreiben sollte, was würde aus dir werden?

اگر وہ اس معاملے کو آگے بڑھائے تو آپ کا کیا بنے گا؟

Ich gab ihr einen, sie gaben ihm zwei

میں نے اسے ایک دیا، انہوں نے اسے دو دیئے

Du hast uns drei oder mehr gegeben

آپ نے ہمیں تین یا اس سے زیادہ دیا

Sie sind alle von ihm zu dir zurückgekehrt

وہ سب اس کی طرف سے تمہارے پاس لوٹ آئے

obwohl sie vorher meine waren

اگرچہ وہ پہلے میرے تھے

Wenn ich oder sie die Chance haben sollte,

اگر مجھے یا اس کو موقع ملنا چاہئے

Wenn ich oder sie in diese Affäre verwickelt wäre

اگر میں یا وہ اس معاملے میں ملوث تھے

Er vertraut auf dich, dass du sie befreien wirst

وہ انہیں آزاد کرنے کے لئے آپ پر بھروسہ کرتا ہے

Genau so wie wir waren

بالکل ویسے ہی جیسے ہم تھے

Ich hatte den Eindruck, dass Sie

میرا خیال تھا کہ آپ تھے

Bevor sie diesen Anfall hatte

اس سے پہلے کہ وہ یہ فٹ تھا

Ein Hindernis, das dazwischen kam

ایک رکاوٹ جو درمیان میں آئی

Er und wir und es

وہ، اور ہم، اور یہ

Lass ihn nicht wissen, dass sie ihr am besten gefallen haben

اسے یہ نہ بتائیں کہ وہ انہیں سب سے زیادہ پسند کرتا ہے

Denn dies muss für immer ein Geheimnis bleiben, das vor allen anderen verborgen bleibt

کیونکہ یہ ہمیشہ کے لئے ایک راز ہونا چاہئے ، باقی سب سے پوشیدہ رہنا چاہئے۔

Dieses Geheimnis muss ein Geheimnis zwischen dir und mir bleiben

یہ راز میرے اور آپ کے درمیان ایک راز رہنا چاہئے

Der König war sehr beeindruckt

بادشاہ بہت متاثر ہوا

"Das ist das wichtigste Beweisstück, das wir bisher gehört haben"

"یہ سب سے اہم ثبوت ہے جو ہم نے ابھی تک سنا ہے"

»Ich glaube nicht, daß diese Verse auch nur ein Atom Bedeutung haben,« wandte Alice ein

"مجھے یقین نہیں ہے کہ ان آیات میں ایک ایٹم بھی معنی رکھتا ہے،" ایلس نے اعتراض کیا۔

der König hatte seine eigene Meinung zu dieser Angelegenheit

بادشاہ کی اس معاملے پر اپنی رائے تھی۔

"Wenn diese Worte keinen Sinn haben, erspart das eine Menge Ärger"

"اگر ان الفاظ میں کوئی معنی نہیں ہے، تو یہ مصیبت کی دنیا کو بچاتا ہے"

"Dann brauchen wir nicht zu versuchen, den Sinn zu finden"

"پھر ہمیں معنی تلاش کرنے کی کوشش کرنے کی ضرورت نہیں ہے"

"Lassen Sie die Geschworenen über ihr Urteil nachdenken"

"جیوری کو ان کے فیصلے پر غور کرنے دیں"

»Nein, nein!« sagte die Königin

"Erst die Verurteilung, dann das Urteil"



"Zeug und Unsinn!" sagte Alice laut



"Wie dumm ist es, den Angeklagten zuerst zu verurteilen!"

»Schweige!« sagte die Königin und färbte sich violett an



"Ich werde nicht den Mund halten!" sagte Alice



schrie die Königin aus voller Kehle



"Hack ihr den Kopf ab!"



Niemand machte eine Bewegung



"Wen kümmert es, was du sagst?" sagte Alice

Zu diesem Zeitpunkt war sie bereits zu ihrer vollen Größe herangewachsen

اس وقت تک وہ اپنے پورے سائز تک بڑھ چکی تھی

"Du bist nichts als ein Kartenspiel!"

"تم تاش کے ایک پیکٹ کے سوا کچھ نہیں ہو!"

Bei diesen Worten hoben sich alle Karten in die Luft

اس پر سارے کارڈ ہوا میں بلند ہو گئے۔

und alle Karten flogen auf sie herab

اور سارے پتے اس پر اتر آئے۔

Sie stieß einen kleinen Schrei aus

اس نے تھوڑی سی چیخ دی

Sie war halb erschrocken, aber auch wütend

وہ آدھا خوفزدہ تھا، لیکن غصہ بھی تھا

Und sie versuchte, sich gegen die Karten zu wehren

اور اس نے اپنے پتوں سے لڑنے کی کوشش کی

Und dann fand sie sich auf der Grasbank liegend

اور پھر اس نے خود کو گھاس کے کنارے لیٹا ہوا پایا

Ihr Kopf lag im Schoß ihrer Schwester

اس کا سر اس کی بہن کی گود میں تھا

Einige abgestorbene Blätter waren auf ihrem Gesicht gelandet

کچھ مردہ پتے اس کے چہرے پر اترے تھے

und ihre Schwester wischte vorsichtig die Blätter weg

اور اس کی بہن آہستہ آہستہ پتوں کو صاف کر رہی تھی

»Wach auf, liebe Alice!« sagte die Schwester

"جاگ جاؤ، ایلس ڈیئر!" اس کی بہن نے کہا۔

"Was für einen langen Schlaf hast du gehabt!"

"کتنی لمبی نیند آئی ہے تم نے!"

"Oh, ich habe so einen merkwürdigen Traum gehabt!" sagte Alice

"اوہ، میں نے ایک عجیب خواب دیکھا ہے!" ایلس نے کہا.

Und sie erzählte ihrer Schwester alles, woran sie sich erinnern konnte

اور اس نے اپنی بہن کو وہ سب کچھ بتا دیا جو اسے یاد تھا

all die seltsamen Abenteuer, von denen Sie gerade gelesen haben

وہ تمام عجیب و غریب مہم جوئی جن کے بارے میں آپ ابھی پڑھ رہے

**Alice stand auf und rannte davon**

ایلس اٹھی اور بھاگ گئی

**Und während sie lief, dachte sie an ihren Traum**

اور بھاگتے ہوئے اس نے اپنے خواب کے بارے میں سوچا

**"Was für ein wunderbarer Traum das gewesen war!"**

"یہ کتنا شاندار خواب تھا!"

**www.tranzlaty.com**